JN259425

ダイヤモンドの目覚め

イローナ・アンドルーズ
仁嶋いずる 訳

DIAMOND FIRE
by Ilona Andrews
Translation by Izuru Nishima

mira

DIAMOND FIRE

by Ilona Andrews

Copyright © 2018 by Ilona Gordon and Andrew Gordon

All rights reserved including the right of reproduction in whole
or in part in any form. This edition is published by arrangement
with HarperCollins Publishers LLC, New York, U.S.A.

Without limiting the author's and publisher's exclusive rights,
any unauthorized use of this publication to train generative artificial intelligence (AI)
technologies is expressly prohibited.

All characters in this book are fictitious.
Any resemblance to actual persons, living or dead,
is purely coincidental.

Published by K.K. HarperCollins Japan, 2024

ダイヤモンドの目覚め

おもな登場人物

ネバダ・ベイラー――――〈ベイラー探偵事務所〉の経営者。三姉妹の長女
カタリーナ――――ベイラー三姉妹の次女
アラベラ――――ベイラー三姉妹の三女
フリーダ――――三姉妹の祖母
コナー・ローガン――――ネバダの夫。通称マッド・ローガン
バーナード（バーン）――――三姉妹のいとこ
レオン――――三姉妹のいとこ。バーンの弟
ヴィクトリア・トレメイン――――三姉妹の祖母。尋問者
リベラ――――ローガンの部下
エイブラハム（バグ）――――ローガンの部下。情報収集専門家
シャビエル・セカダ――――ローガンの親族
アレッサンドロ・サグレド――――〝超一流〟のメンタルディフェンダー
アローサ・ローガン――――ローガンの母親

HIDDEN LEGACY

ラミレス家のファミリー・ツリー

〈ミセス・ローガンの兄弟姉妹〉

マッティン（兄）	イニゴー（兄）	ミレン（姉）	**アローサ**	マルケル（異母弟）	アネ（異母妹）	ソリオン（異母弟）

〈西棟のゲスト〉

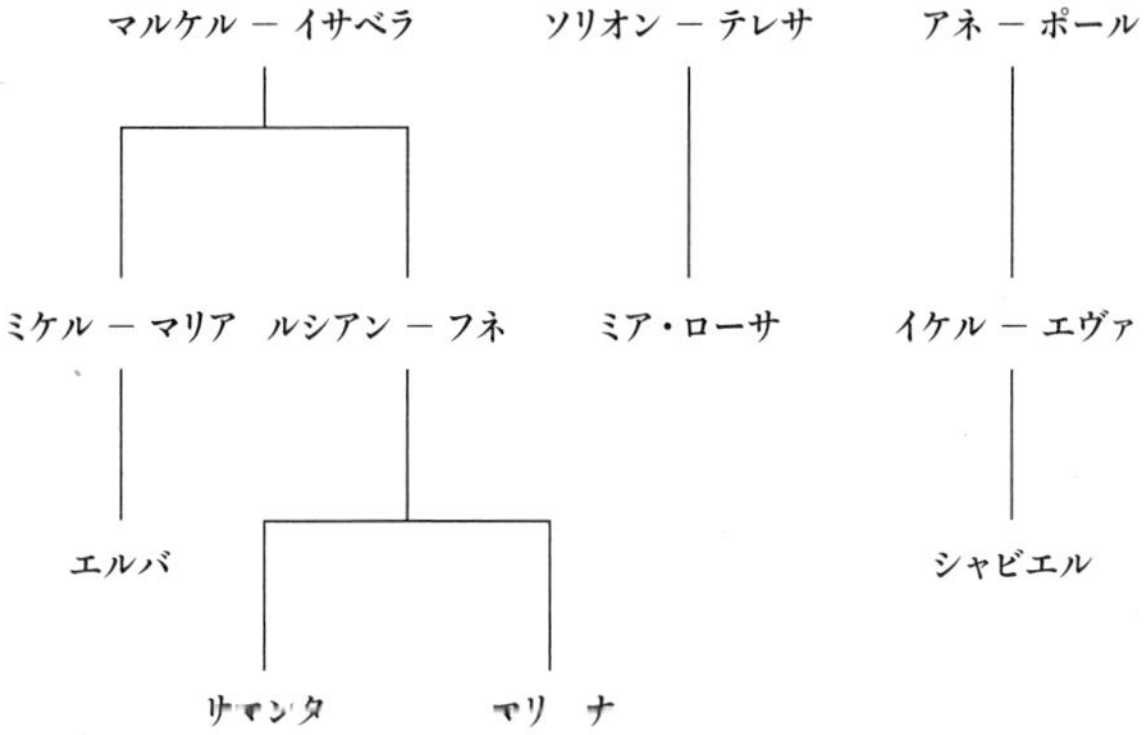

プロローグ

ネバダ

誰だって家族をうるさいと思うときはある。うちはそれが普通より多いだけだ。

わたしはキッチンテーブルでパンケーキをほおばっていた。

テーブルの向こうから、いちばん下の妹のアラベラがじっとこちらを見ている。

「なんでネバダがいるの？　もうここに住んでるわけでもないのに」

昨日、わたしは正式にこの家を出た。これまでの九年間、自宅と事務所を兼ねたこの倉庫の二階にある部屋で過ごしてきた。家を出ることに決めたのは、今はほとんどコナー、またの名をマッド・ローガンといっしょにいるし、最近正式に婚約したからだ。引っ越しは驚くほどあっさり終わった。たいした荷物もなかったので、荷造りは一日もかからなかった。昨夜、ローガンの部下が荷物を運び出し、ヒューストン郊外にある彼の家に届けてくれた。フリーダおばあちゃんはちょっと泣いて、母は不機嫌そうにうなっていたので、二人の心が折れた場合に備え、その夜は道を隔てた向かいにあるローガンの本部に泊まったのだ。

よけいな心配だった。

「ネバダにかまわないで」母がアラベラに言った。「パンケーキ、三枚目なのよ」

「どういう意味？」アラベラがこっちを見た。

わたしは舌を突き出し、フォークでパンケーキを一口大に切った。

「ストレスで食べずにいられないのよ」フリーダおばあちゃんが口を出した。「あと五分でローガンが迎えに来るんだけど、この子は彼のお母さんに会うのが怖いの」

おばあちゃんたら、よけいなことを。パンケーキが喉に詰まり、急いでコーヒーを飲んだ。「怖くなんかない」

わたしは震えるほど怖かった。認定テストの直後、母に会わせたいとローガンに言われたけれど、わたしは三日ほしいと頼み込んだ。もうこれ以上逃げられない。未来の義母と対面しなくては。

アラベラが目を細めてこっちを見た。フリーダおばあちゃんは七十代でアラベラはまだ十五歳だけど、その瞬間、二人は驚くほどそっくりだった。青い目、白っぽい髪

――もちろんおばあちゃんのカールが白いのは年齢のせいだけれど。そして二人ともまったく同じ腹黒い顔つきをしている。

「新しいジーンズとお気に入りの緑のブラウスにしたんだね」アラベラが言った。

「それがどうしたの？」

妹のブロンドの頭がテーブルの下に潜った。「足元はきれいなストラップサンダル。爪も塗ってる」

「爪ぐらい塗れるわよ」仕事柄ときどき走ることがあるため、いつもはスニーカーだけど、サンダルも三足持っている。

「歯を磨いたほうがいいわ」フリーダおばあちゃんが言った。「息がコーヒー臭くなる」

しまった、歯ブラシはローガンの本部だ。

「二人ともやめなさい」母がたしなめ、こちらを向いた。「大丈夫だからね」

父が亡くなってからは、母が荒海に立つ不動の岩になってくれた。何が起きても母がそこにいて、なんとかしてくれる。そんな母の鎧《よろい》の奥を見通せるようになるまで、長い時間がかかった。去年はとくにそれを痛感した。でも今日、わたしは不動の岩を求め、しがみついた。

「ママが大丈夫って言ってるんだから大丈夫。アラベラはローガンのお母さんに会ったんでしょう？　どんな人か教えてよ」

アラベラはにっこりした。「ネバダがじたばたしてるの見るの好き」

携帯電話が鳴った。ローガンからメッセージだ。

〈おもしろいものを見逃すぞ〉

〈おもしろいものって？〉

〈外に出てこい〉


二階の部屋に駆け上がって鍵をかけて閉じこもりたい、そう強く思った。でも、できない理由が二つある。わたしは大人だし、あの部屋はもう一人の妹のカタリーナが使っていて、事実上わたしのものではないからだ。

こんなのおかしい。わたしは訓練を積んだ私立探偵で、十年近い経験もある。ベイラー探偵事務所が今日あるのは、病気になった父の跡を継いだわたしがあらゆる困難を乗り越えて成功に導いたからだ。それだけじゃない。わたしは能力者として最も高いレベルにある〝超一流〟だ。父方の祖母も同じ力を持っていて、人はその名を聞いただけで震え上がる。わたしはその祖母や〝超一流〟の人々に真正面から立ち向かってきた。この一年、わたしは撃たれ、車で轢《ひ》かれ、燃やされ、テレポートさせられ、死の直前まで凍らされた。頭上にバスを落とされそうになり、理性を操るサイオニックに心を壊されそうになり、〝メキシコの虐殺王〟の名を持つコナー・ローガンに何度もノーを突きつけ、一歩も引かなかった。フィアンセの母親にだって立ち向かえるはずだ。

大丈夫、できる。

立ち上がり、皿をシンクに置き、母をハグし、ドアに向かう。

ガンメタルグレーのレンジローバーが倉庫の正面に停《と》まっていた。見るべきものを心得ている人がよく見ないかぎり、この車が装甲されているとはわからないだろう。ローガンが車にもたれている。二万ドルのスーツを着た姿も、泥まみれのジーンズとTシャツという姿も見たことがある。何を着ていても彼はいつもワイルドな男らしさを漂わせている。何事にも動じない落ち着きが伝わってくる。どんな事態が起こっても、うろたえることなく事をおさめるだろう。百八十センチを超える長身とプロの格闘家のような体格もその印象を強めている。今日はジーンズとオリーブ色のTシャツという姿だ。日に焼けた肌と黒っぽい髪。ジャングルを歩く探検家さながらだ。まずい。

わたしは立ち止まった。

「どうした?」

「ペアルックになってる」うなるように言う。

「それで?」

「着替えてくる」

ローガンに手をつかまれ、引き寄せられた。彼はダークブルーの目に笑いを浮かべ、頭を傾けてキスをした。ミントとコーヒーの味がするその唇がわたしを安心させた。大丈夫、心配ない、と。

「きみはすてきだ。それに戻ったらいちばんいいところを見逃す」

ローガンが左のほうにうなずいてみせた。そちらに目をやる。

サファイアブルーのマセラティ・グランカブリオが道の端に停まっている。その横、ちょうどわたしの――いや、妹の部屋の窓の真下に、アレッサンドロ・サグレドが立っていた。

認定テストの直前に初めてアレッサンドロの写真を見たとき、初戦に挑む若き剣闘士みたいだと思った。実物を見るとその印象はいっそう強くなった。顔にはまだ幼さが残っているものの、すぐに消えるだろう。顔のラインはくっきりとして険しい。どんな表情であれ一つだけ変わらないのは――アレッサンドロにはとんでもないハンサムとして生きる呪いがかかっているということだ。

シャイで物静かな妹が窓から身を乗り出している。見るからに動揺していた。

「やめて！」カタリーナがきっぱりと言った。

「どうして？」アレッサンドロの口調にはかすかにイタリアのアクセントがあった。

「あなたの気持ちは本物じゃないから」

「誰が気持ちのことなんか話してる？　ただドライブに行こうって誘ってるだけだよ」アレッサンドロは太陽を受けて青く輝くマセラティのほうにうなずいてみせた。

「車もあるし」

「だめ」

ほんの数日前、うちの家族は認定テストを受け、一族として認められるのに必要な最低二人の〝超一流〟がいることを証明した。認定テストを申請したのは、新興の一族に与えられる保護期間がどうしても必要だったからだ。わたしたち姉妹は〝超一流〟の裁定人たちの前で能力を実演してみせた。その際、カタリーナの相手になったのがアレッサンドロだ。強力な〝超一流〟のメンタルディフェンダーである彼は、他者の魔力を無効化する力がある。妹が持っているのは、他人に自分を愛させる力だ。

二人は白線をはさんで向かい合った。カタリーナは彼に家族で行ったフロリダ旅行の話をし始め、それが終わる頃にはアレッサンドロは白線を踏み越え、止めようとする四人の力に抵抗していた。アレッサンドロはすぐ我に返ったが、妹は〝超一流〟と判定された。

「カタリーナの力は時間とともに薄れると思ったが」ローガンが小声で言った。

「そうよ。アレッサンドロがここに来たのは妹の魔力とは関係ないと思う。彼、テストの前にインスタグラムで妹をフォローしたの」

ローガンの眉がかすかに上がった。「で、その情報のどこが重要なんだ?」

「彼は十代のあこがれの的だし、ヘラルドの常連で、フォロワーが二百万人もいる有名人よ。その彼がフォローしてるのはカタリーナを含めて四人。一夜にしてインスタの有名人になった妹はアカウントを消したの」

この世界で、〝超一流〟たちはセレブ中のセレブだ。

〝超一流〟への異常なまでの興味を満たすためにあるSNS——それがヘラルドだ。ヘラルドのユーザーは、憶測、噂《うわさ》、二次創作を投稿する。若く独身でとびきりハンサムなアレッサンドロ・サグレドは、〝超一流〟の追っかけを磁石のように引きつけていた。いっぽうでカタリーナはどんな形でも注目されるのが苦手だった。それには当然の理由がある。カタリーナの重荷を楽にできるなら、わたしはどんな犠牲もいとわない。魔力には代償がつきものだけれど、妹はとくに運が悪かった。

「距離を置いたほうがいい」カタリーナが言った。「時間と距離を置けば力も薄れるから」

アレッサンドロはうなだれた。長めの茶色い髪が顔にかかる。「ペル・ラモール・デル・チェーロ！」

わたしはローガンのほうを向いた。「なんて言ったの？」

「さあ」

「きみの魔力の影響は受けてない。壁をよじ登って近づこうとしてるわけでもない。ちょっとドライブに行こうって誘いに来ただけだ」

長い沈黙があった。

アレッサンドロは首をかしげて窓を見つめた。ハイブランドのジーンズに身を包み、十七万ドルの駿馬《しゅんめ》を従えた現代のロミオだ。

沈黙が続いた。

「答えは出ると思うか？」ローガンがきいた。

「無理よ」

「あいつをあそこに立たせておくつもりなんだな?」

「そうじゃなくて、カタリーナの答えがノーってこと」わたしはローガンにほほえみかけた。「行きましょう。二人きりでもカタリーナにとってはつらいんだから、見物人はいないほうがいい」

「あの窓は嫌いだ」車に乗り込みながらローガンが言った。

道の向こうで、重そうな木製のコンテナが地面から数センチ浮き上がった。

「まさかそんなことしないわよね?」あの窓越しに彼と言い争ったときのことは今でもはっきり覚えている。〝超一流〟のテレキネシスであるローガンは、道に立ったまま窓辺のわたしと口喧嘩《くちげんか》するのが気に入らなかった。そこで、直接話せるように自分の車庫にあった半分近くのものをうちの外壁に積み上げたのだ。「無駄だからやめて」

コンテナは着地した。ローガンは駐車場から車を出した。「伯爵も気の毒に」

ローガンのほうを見る。「どういう意味?」

「アレッサンドロは伯爵だ。サグレド伯。十二世紀までさかのぼる古い家柄だよ」

「カタリーナには言わないで」

妹は普通の人といっしょにいても緊張するたちだ。由緒ある一族出身の相手と会話しようとしたら卒倒してしまうだろう。恥ずかしいことを言っていないか、目立たないか、一言一句気にするに違いない。

アレッサンドロがハンサムな〝超一流〟で、誰もが知る十代のあこがれの的というだけでも大変なのに、そこに称号まで加わったら事態が悪化するだけだ。

常緑樹のクッションの上にごつごつと広がる丘陵を、大きく縫うように長い道が続いている。車はテキサス・ヒル・カントリーに向かって北西に走っていた。地面は乾燥し、巨大な石灰岩が薄い表土から突き出している。じめじめしたヒューストンから離れ、窓から外を見ていると、喉が渇いてきた。

「どうしてこの場所を選んだの？」

「母が言うには、丘陵が故郷を思い出させるらしい」ローガンが答えた。

「故郷って？」

「スペイン。バスク地方、ナバラのそばの山岳地帯だ。おれも行ったことがある。完全に同じというわけじゃないが、乾燥していてところどころ岩肌が見えるんだ。ここみたいに」

道が曲がり、カーブに沿ってなめらかに走っていくと、家が見えた。丘の上にたつ美しい地中海風の屋敷。れんがの壁の間に並ぶ背の高い窓がきらめいている。カーブが続き、家がどんどん近づいてくる……。

「気に入られなかったらどうしよう？」

「母はきみを気に入るよ。おれがきみを愛してるってこと以外どうでもいいが、母はきみを好きになるはずだ」

丘をのぼりきったところで、赤い瓦の屋根がある石壁に突き当たった。頑丈な金属のゲートがエントランスを守っている。近づいていくとゲートが開き、レンジローバーは美しく整えられた芝生の間の道をなめらかに進んでいった。その先にまたアーチ型のエントランスがあり、そこを抜けると中心に美しい噴水のある庭に出た。ローガンが車を停めた。

「大きな家ね」

「〈マウンテン・ローズ〉だ。広さは二千平米、ベッドルームは十部屋、バスルームは十二。プールが二つ、テニスコート、庭園、なんでも揃《そろ》ってる」ローガンは顔をしかめた。「母に一度、どうしてこんな大きな家が必要なのかたずねたことがある。母は、〝孫たちのため〟と答えた」

「あなたに兄弟姉妹はいないんでしょう？」

「ああ」ローガンは片手で屋敷の端から端までを指した。「母の部屋が一つ、おれたちの部屋が一つ――残り八部屋分の孫がおれたちの肩にのしかかってる」

「最高」わたしが心配しているのは肩じゃないけれど、ローガンにその話をしたら、また十分間ほどおかしな冗談を聞かされるはめになる。

わたしたちはそのままずっと座っていた。外に出たくない。

「怖いのか？」

人は毎日、時として十回以上も嘘をつく。ちゃんとした理由があることも多いが、誰かが真実をねじ曲げるたびにわたしの魔力が警告を発する。だからわたしは以前からできるだけをつかないようにしてきたし、とくにローガンに対しては絶対に嘘は言わないことにしている。ローガンはわたしに嘘をつけないし、彼とは対等な関係でいたい。「ええ」

「大丈夫だ」彼は手を差し伸べ、わたしにキスした。それは安心させるための短いキスだったが、半秒後にローガンは気を変えた。その手がわたしの髪をつかむ。唇はサンダルウッドとミント、そしてコナーの味がした。その中に沈み込みながら、キスを返す。ローガンとのキスみたいなものはほかにない。不安はすべてかき消え、残るのは彼とわたし、その味わい、香り、手の感触だけだ……。

唇が離れた。ローガンの青い目が暗くなる。このままやめるつもりはないという顔だ。

車の中でずっといちゃついているわけにはいかない。アローサ・ローガンは〝超一流〟だ。〝超一流〟にふさわしいセキュリティを備えた屋敷に住んでいる。つまり、このキスは屋敷内の恐ろしいほど高画質の監視モニターに映し出されているということだ。

車のドアを開けると、ローガンがこちらを見てにやりとした。わたしたちは車から出た。

屋敷の中も外に劣らずすばらしかった。ベージュとクリーム色のしっくいが繊細な渦を描く壁。見上げるような天井。床はトラバーチン大理石で、よくあるタイルではなく大きな板状のものを使っている。家具はローガンの家と同じく時代を超越したおもむきがある。ただ、直線を多用した地味と言っていいほど堅実なローガン宅の家具に対し、この家のソファや椅子は華やかだ。はっきりとした優美さが漂っている。

出迎える人はいなかった。変だ。パワーゲームを仕掛けられているのだろうか？　わたしを待たせることで、立場をわきまえさせるつもりだろうか？　どっと緊張が戻ってきた。

ローガンがキッチンに歩いていって大きな冷蔵庫を開けた。わたしはだめと言おうとしてやめた。わたしにとっては壮麗な屋敷だけどローガンにとっては母親の家で、帰ってきた子どもなら誰でもやるようにまっすぐ冷蔵庫に向かっただけだ。今朝、ドアを開けて倉庫に入ったとき、わたしも同じことをした。

「何か飲む？」

「何があるの？」

「スパークリングウォーター、アイスティー、ジュース……」

「アイスティーをもらえる？」

広々としたキッチンには、ダークブラウンのキャビネットと美しい御影石《みかげいし》のカウンタートップがあった。最新の家電も揃っている。こんろは料理コンテスト番組から抜け出してきたかのようだ。

ローガンが背の高いグラス二つにアイスティーを入れてくれた。アイランドカウンターの端にあるスツールに座ると、彼がグラスをこちらに押してよこした。わたしはそれを手に取り、飲んだ。

八部屋分の孫たちか。なるほど。

ローガンが一人っ子なのがいつも不思議だった。有力一族は中世の都市国家のように互いに争い、〝超一流〟の大半は跡継ぎとそのスペアを作ろうとする。でもローガンにはスペアがいない。彼だけだ。理由をきこうとしてずっと忘れていたけれど、今それを口に出すのはいいタイミングとは思えない。

かすかな機械音が聞こえたので振り返った。電動車椅子に座った女性がキッチンに入ってきた。白いものが少しまじる黒っぽい髪、底知れない黒い目、浅黒い肌。中年の美しい女性だ。

この人が。

ローガンが女性に近づき、身をかがめて頬にキスした。「やあ、母さん」

女性は彼にほほえみかけた。二人はとてもよく似ている。

「冷蔵庫にスモークブリスケットがあるわ」

「見たよ」

アローサがこちらを向いた。「いらっしゃい」

「はじめまして」わたしは思い出したように立ち上がり、数歩前に出たが、それ以上どうしていいかわからず足を止めた。

「母さんが怖いから緊張してるんだ」ローガンがアローサに言った。

この裏切り者。ずっと忘れないから。

未来の義母は頭を振り上げ、笑った。

わたしたちは屋根のある二階のバルコニーに座った。ローガンはアローサのために紅茶を淹《い》れに行った。とうとう雨が降り始めたせいで、空気はさわやかだが冷たかった。

「あの子、車椅子のことを言ってなかったのね？」アローサがたずねた。

「ええ」

アローサはにっこりした。「ばかな子。あの子が三歳のときにこうなったの。あの子の父親が暗殺のターゲットになってね。一人でニューヨークのホテルにいるはずだったけれど、悪い予感がしたからわたしも同行したの。二人とも命は無事だった。大事なのはそれだけよ」

夫を守ろうとして負傷したのだ。「お気の毒に」

「もう慣れたわ。魔力のおかげでずいぶんと楽よ。寒くない？」

「大丈夫です」

「寒そうに見えるわ。ほら」

アウトドアソファの隣にある大きな木製のチェストが開き、毛布が一枚こちらに漂ってきた。息子と同じくアローサも〝超一流〟のテレキネシスだ。

「ありがとう」わたしは毛布にくるまった。

「ウィルの立場にある男性なら、わたしと別れてもおかしくなかったでしょうね。コナーは一人息子だし、跡継ぎを一人に頼るのは危険だから。でも、ウィルはわたしを愛してくれていた。だから今があるというわけ」

「コナーから、政略結婚だったと聞きました」これは失言かもしれない。

アローサの目が光った。「そうなの？　コナーはわたしの父にひどく腹を立てているのよ。そう、最初はその通りだった。うちの家族は一族として認定されていなかったの。ほとんどが〝一流〟や〝平均〟で、〝超一流〟なのは祖父だけ。家族は〝超一流〟が生まれるのを待ち望んでいて、わたしが〝超一流〟の認定を受けたときは親戚が盛大なパーティを開いてくれたわ。何百人も招待してね。父はわたしにずいぶん期待していて、一族を継がせるために、配偶者を家族に取り込もうと考えていたの。そしてさらに〝超一流〟を増やすために、できるだけたくさん子どもを作ることを期待した」

当然だろう。ラミレス家について調べたことがある。一族として認められるためには、三世代で二人の〝超一流〟を出さなければならない。アローサの祖父は彼女が生まれる前に亡くなったが、もしその子どもが〝超一流〟と認定されれば、ラミレス家は一族成立の申請を出すことができる。

アローサは肩にかけたショールを引き寄せた。「すべては計画済みだったけれど……そこにウィル・ローガンが現れたの。わたしの遺伝子特性が彼の求めるものに一致していたために、スペインまで会いに来たのよ。初めて会ったときのことを覚えてる。図書館で書架の整理をしていて、頭上に何冊か本を浮かせていたの。そこに彼が通りかかり、ドア口で足を止めた。わたしたちはそのまま無言で見つめ合った。あんな人は見たことがなかったわ」

そのときのことを思い出してアローサはほほえんだ。わたしにもそんな瞬間があった。初めて会ったとき、公園の中をこちらに向かって歩いてくるコナーをわたしはただ座って見つめていた。そして思った。いつかこんな人と出会えればどんなにいいだろうと。

「それから？」

「父は彼を拒絶した。ウィルにノーと言える人はそうはいないのよ。ウィルは三世代目の〝超一流〟で、その魔力は桁外れだった。軍、民間、外国と契約を結んでいて、世界の半分に貸しがあった。ある意味コナーは父親そっくりと言っても言いすぎではないわ」

わたしの経験からすると、ローガンは自分が言う側でないかぎりノーを認めない。

「わたしが街に行くと、ウィルは偶然を装って近づいてきてね。言葉を交わして別れても、また出会った。そのあと何度もね。ウィルとの会話は楽なの。わたしたちは違っていたけれど、言葉は苦もなく出てきた。それからウィルはまた父に会いに来たわ。その頃には父もローガン一族を怒らせたらまずいことに気づいていて、うちから〝超一流〟を引き抜くならその穴埋めをしろと言ったの。そして目の飛び出るような金額を提示した。ウィルはその場で小切手を書いたわ。それは彼が破産しかねない額だった」アローサの目が細くなり、そこに鋭く恐ろしい力がかいま見えた。全身に警戒心が走った。

「父はわたしを書斎に呼んで、おまえはウィルに買われたからいっしょに行けと言ったの。そしたらウィルがどう返事したかわかる?」

「いいえ」

「彼女自身に行きたいかどうかきかないのか、決めるのは本人なのに、と言ったの。父は、娘は家族のためになる道を選ぶはずだと答えた。父にはウィルの質問の意味がわからなかったのよ。まったくね」

わたしはローガンの意見に百パーセント賛成した。彼の祖父は好きになれない。

「後悔したことはありますか？」

「一度も。ウィルはわたしのすべてだった。帰国したあと、彼の家族は財産の四分の三近くを譲り渡したことにいい顔をしなかった。ウィルのお父さまがわたしを〝ルイジアナ買収〟と呼んだこともあったほどよ。でもそんなことはどうでもよかった。彼が失ったものを、二人で力を合わせて築き直したの。わたしたちはすばらしいチームだった。わたしは愛されていたの、ネバダ。ほんの一握りの人しか経験しない愛を味わった。毎日ウィルが恋しいわ。目が覚めたとき、彼がベッドの隣にいると思って手を伸ばすことがあるの。でも、ウィルはもういない。今も話しかけているのよ。庭にある両親の隣のお墓にね」

　これはわたしの姿かもしれない。ローガンと結婚して数年経《た》ったら、アローサと同じように夫を恋しがっているかもしれない。〝超一流〟の世界は危険に満ちている。普通の人なら考え直すかもしれないが、わたしは彼を求めすぎている。一週間だろうが五十年だろうが、いっしょに過ごせる時間があるならそれを手に入れたい。

「コナーを愛してる？」アローサがたずねた。

「ええ」考えるまでもなかった。

「子どもはどうするの？　あなたたちは遺伝子の相性がよくないかもしれない。そのことは気にならない？」

「彼の子どもがほしいし、その子が能力者であろうとなかろうと愛します」

再びアローサの目が鋭くなった。「コナー、あなた、そして子どもたちは普通の人とは比べものにならないぐらい頻繁に危険にさらされることになる。あなたたちは〝超一流〟よ。〝超一流〟には独自のルールがあって、息子はこれまで手ごわい相手を敵にまわしてきた。もっと楽な生き方を選ぶ人もいるわ」

なるほど、でもアローサが言わんとすることには賛成できない。わたしは顔を上げた。「わたしはテレキネシスではないですが、コナーや子どもたちに手出しできると思っている者がいたら、まずわたしの相手をしてもらいます。すぐに考え直すでしょうね。考え直すほどの理性がまだ残っていればの話だけど」

アローサはわたしの顔をしげしげと眺めた。「この結婚が気に入らないと言ったら？」

胸がどきりとした。わたしが恐れていたのはこれだ。「それは残念です。あなたのことは心から尊敬しているし、義理の娘として全力を尽くすつもりなのは変わりません。でも、彼を愛しているし、結婚するつもりです」

ちょうどその瞬間を狙ったように、湯気の立つ紅茶のマグカップを三つのせたトレイを持って、ローガンがバルコニーに出てきた。「ネバダの拷問は終わった？」

「気に入ったわ」アローサが答えた。

え？

「ネバダのこと、どうやってつかまえたの？」

「コナーはわたしを誘拐して、自宅の地下室の床に鎖で縛り付けたんです」

「なんですって？」

「誤解があったんだ」ローガンはそう言って、さっとこちらをにらんだ。自業自得なんだからしょうがない。

「全部聞かせてもらわなきゃ」アローサが言った。

「つまり、結婚式に出席するってことだね？」

「おかしなことをきくのね」

こうして未来の夫はまんまと母の思考の流れをそらし、新しい方向へと向けた。うまい手だ。

アローサはマグカップを浮かせて引き寄せ、一口飲んだ。「日取りは決めたの？」

「二週間後だ」

「問題外ね。親族全員に知らせるだけで二週間かかる」

親族？　親族って誰？　わたしはローガンを見やった。「親戚はいないと思ってたけど」

「いいえ、いるのよ。コナーの祖父に、おじが四人、おばが二人、いとこが十四人、そのうち何人かは子どももいる。これには夫のほうの人間は入っていないわ。ほとんどがわたしの親族で、スペインにいるの。コナーがあまり好まない人もいる」

わたしは彼のほうを向いた。

「人を食い物にする奴《やつ》らだ」そう言ってローガンは紅茶を飲んだ。「おれは質素な式にしたい」

「コナー・アンデル・ローガン」

まずい、ミドルネームが出た。よくない兆候だ。

「イニゴー伯父さんは呼ぼうと思ってたんだ。マッティン伯父さんも。好きな親族だけ招待するのはどうだろう？　全員を呼ぶならケリーも呼ばなきゃいけなくなる」

これはずるい言い方だ。ケリー・ウォラーはローガンのいとこで、父方の血縁で生き残っているのはケリーとその息子ギャビンだけだ。ローガンは桁違いの力に恵まれたが、ケリーは能力者の家に生まれたものの弱い力しかなかった。それなのに、遺伝子ではなく愛のために結婚したせいで、両親から絶縁された。ケリーの立場からすればすべてを失ったも同然だ。夫と二人でなんとか生計をたてつつも、彼女は年下のいとこローガンが大人になれば自分を助けてくれるものと考えていた。ところがローガンは軍に入隊し、戦場へ行ってしまった。ケリーは二度裏切られたと感じたらしい。

除隊したローガンがケリーに手を差し伸べようとしたとき、ケリーの嫉妬と恨みは殺意に変わっていた。そしてローガンと家族を憎むあまり、何度も彼を殺そうと試みた。目的を遂げるため、一人息子のギャビンを〝超一流〟の念火力の持ち主に差し出したほどだ。息子は非番の警官を殺すために利用され、今は刑務所にいる。ギャビンが被害者の警官仲間から問答無用で射殺されずにすんだのは、ローガンの影響力とわたしの探偵としての骨折りがあったからだ。

式にはたぶんギャビンと彼の父親を招待することになるだろう。ローガン家の名を出せば、ギャビンは一日の外出許可が得られるはずだ。ケリーは法執行機関からも評議会からも追われる逃亡犯だ。もしケリーを見つけたら、わたしはその眉間にためらいなく銃弾を撃ち込む。身柄を確保しようとも話しかけようとも思わない。弾が尽きるまで撃ち続ける。

アローサがローガンを見た。「あなたはこの結婚式を予行だと思ってるの？　ネバダと離婚して、また結婚するつもり？」

ローガンは何かに強く集中するときの顔になった。いつもなら狙撃者を警戒する表情だ。「違う」

義理の母の魔力がはじけ、わたしは椅子から転げ落ちそうになった。

「あなたは一人息子なのよ」アローサがずばりと言った。

愛情深い母は消えた。彼女の顔は険しくなり、目は鋭くなった。命令調のその声を聞いて、わたしはすぐさま従いたくなった。祖母ヴィクトリアも、アローサが相手では苦戦を強いられるだろう。

「もし幸運に恵まれれば、これがあなたの最初で最後の結婚式になる。これは正式な催しよ。花嫁はすばらしいドレスを、あなたはタキシードを着る。あなたたちが一族全員と友人たちの前で誓いの言葉とキスを交わすのをわたしは見守るの。その瞬間、誇らしさで輝きながらね。その喜びを奪うことは許しません。お父さまに会ったとき、式がどんなにすばらしかったか話すつもりよ。わかったわね、コナー?」

メキシコの虐殺王、ヒューストンで最も恐れられる〝超一流〟は、男らしいその顎をなんとか動かし、唯一の答えを口にした。「わかったよ、母さん」

「よかった。日取りは三カ月先にしましょう。それだけあれば皆スケジュールを調整できるでしょう」アローサはこちらを向き、ぬくもりと明るさの戻った顔でほほえんだ。「ネバダ、本当に楽しみよ！　ドレスに髪に花。あなたにはいろいろ決めてもらわないとね」

1

二カ月と二週間後
カタリーナ

子どもたちをよけながら〈マウンテン・ローズ〉邸の廊下を歩くのは大変だ。ヘラルドで未来の義兄について読んだとき、コナー・ローガンは一匹狼で、近い血縁は母といとこのケリー・ウォラーだけとあった。ケリーは親戚の数には入らないけど。

ヘラルドは嘘つきだ。

騒々しい子どもたちの群れがまっすぐこっちに向かってくる。

わたしはタブレットをぎゅっと胸に抱き寄せ、構えた。

子どもたちはくすくす笑いながらわたしの周囲をぐるぐると走り、廊下を駆け抜けていった。あとにはユニコーンのぬいぐるみを抱いた女の子が取り残されている。わたしは詰めていた息を吐いた。

地中海沿岸にたくさん散らばっているローガンの親族全員が、結婚式に参列するために彼のお母さんの家に集まっている。わたしは子どもは好きだけど、今この屋敷には十二歳未満の子どもが二、三十人ほどいて、群れをなして動き回っている。さっきこの子ども集団と出くわしたときはタブレットを手から叩き落とされた。このタブレットは絶対に守らないといけない。結婚式関連のファイルが全部入っている。

女の子と目が合った。たぶん五歳ぐらいで、茶色の髪と大きな黒っぽい目がすごくかわいい。小さなシルクの花飾りがついたラベンダー色のワンピースを着ている。もし母がこの年齢のわたしに同じ服を着せたら、五分で泥とエンジンオイルまみれになっただろう。五歳のわたしの遊び場は、外か戦車や野戦砲を修理するフリーダおばあちゃんのガレージだったから。

「こんにちは。カタリーナよ」

「ミア・ローサ・ガルシア・ラミレス・アロージョ・デル・モンテ」

そうだ、前にも会ったことがある。いつもミセス・ローガンのうしろにくっついていた子だ。ポーチにも書斎にもシアタールームにもついていく。ダイニングルームでもミセス・ローガンの隣に座りたがっていた。

ミア・ローサがユニコーンを差し出した。彼女と同じぐらいの大きさで、プラスチックでできたブドウ大のきらきら光る青と銀の宝石がついている。

「この子、サファイアっていうの」

「かわいいね」

「真夜中の雲の中に住んでて、月光でツノが光るんだよ」

ああ、これは『ジュエル・レジェンド』だ。神話の動物が出てくる子どもに人気のアニメ。わたしはもうそんな年じゃなかったけど、妹のアラベラはこのアニメの初期にはまっていた。しばらくは身の回りが全部『ジュエル・レジェンド』だった。ノートもバックパックも携帯電話のケースも……でも高校生になって熱は冷めた。

「わたし、きらきらガンがほしいの」ミア・ローサが独特のアクセントでそう言った。

「えっ、何ガン？」

「きらきらをたくさんつけるやつ」

「ビダズラーのこと？」

ミア・ローサは何度もうなずいた。「そう。ママが使い走りのお姉さんに頼みなさいって」

使い走りか。ため息が出そうになる。「調べてみるね。ビダズラーを届けるときのために、お母さんの名前を教えて」

「ミア・ローサ。どうもありがとう。でもママじゃなくてわたしにちょうだい」

すごい、ありがとうが言えるなんて。「わかった」

ミア・ローサは腰をかがめて軽くお辞儀すると、ユニコーンを引きずって子どもたちのあとを追いかけていった。

携帯電話が鳴った。メッセージに目をやる。アラベラからだ。

〈今どこ？　すぐ来て!!〉

涙を滝のように流す赤ちゃんのＧＩＦ動画が下にくっついている。わたしは走り出すのを我慢して急いだ。

すべてはネバダがウエディングプランナーをクビにしたのが始まりだった。念のため言っておくと、これは一人目の話。

ネバダはふだんは完璧に物わかりのいい人だ。人間嘘発見器という立場が許すかぎり、という意味で。でも二週間前にサイモン・ナイチンゲールが失踪し、彼を捜し出すためナイチンゲール一族がわたしたちを雇ったことで事情は変わった。ちょうど三カ月前に一族として登録したばかりで、小さな事務所はベイラー探偵事務所からベイラー一族探偵事務所となったのだ。ナイチンゲール事件は新生事務所の初めての仕事だった。ヒューストンじゅうのエリートがわたしたち一族の動向をうかがっている。そのせいでネバダは少しぴりぴりしていた。少しじゃなくて、かなり。手が付けられないほどに。

一人目のウエディングプランナーがクビになったのはネバダと言い争いになったからだ。ネバダがこういうやり方にしたいと言うと、プランナーの女性はそのやり方ができない理由を並べた。ほとんどは、〝超一流〟同士の結婚式ではそういうやり方はしない、という理由だった。最終的に彼女は、これは実質あなたの結婚式ではなくローガン一族の結婚式なのだから、リハーサルディナーの前菜にチーズディップを出したいとかいう〝ばかばかしいリクエスト〟で準備の邪魔をしないでほしい、と言い放った。彼女はすみやかに屋敷の外へと連れ出された。

二人目のプランナーがクビになったのは、嘘ばかりついていたからだ。全然うまくいっていないときでも順調を装って花嫁の機嫌をとっていた。彼女は細かいことに口出しされるのをいやがった。でもネバダはとんでもない仕切り屋で、細部へのこだわりは家族の中でも伝説になっているぐらいだ。ネバダは何度も問題ないかどうか確認し、あなたの嘘は見抜けると警告していたにもかかわらず、彼女は万事順調だと繰り返した。ケータリング業者を選ぶとき、ミセス・ローガンが同意しているかどうか、ネバダがずばり質問したとき、事態は急展開を迎えた。心配ない、と十回も繰り返し言われ続けたネバダは、ついにキレた。必死の形相をした二人目のプランナーが十三センチヒールで自分の車に走っていくのを見たとき、クビになったのがわかった。そのうしろからネバダがポーチに飛び出してきて、怒鳴った。「これでも大丈夫なの？ねぇ、大丈夫なの？」

結局三人目は雇わなかった。アラベラとわたしはテイクアウトを買って週末いっぱい家に引きこもり、ウエディングプランニングを扱ったリアリティ番組の十二エピソード分と、自分勝手な花嫁が主人公のリアリティ番組を四シーズン分視聴したあと、自分たちで引き受けることに決めた。そうしないと結婚式自体がなくなりそうだったからだ。

ローガンと彼のお母さんはわたしたちにとても礼儀正しく接してくれるけど、残念ながら親戚のほうはわたしたちの立場がよくわかっていない。アラベラもわたしも〝超一流〟として登録されているものの、その記録は封印されている。うちの一族はリッチじゃないのに、ローガンは億万長者だ。それに、十八歳のわたしと十六歳の誕生日をむかえたばかりのアラベラにさまざまな決定権があるとは思えないらしい。臨時雇いより少しましなだけの、〝雑用係を務める貧乏な親戚〟ぐらいに思っている。

だからわたしは使い走りというわけだ。アラベラがどう思われているのかは知りたくもない。

これには困った。そうでなくてもこの贅沢《ぜいたく》で美しい屋敷にいると、自分が不器用な侵入者に思える。ここはわたしの家じゃない。わたしの家は倉庫のロフトにある。この屋敷から出ていけるならなんでもするだろう。でも大事な姉のためだ。

ローガンの家で結婚式ができたら、もっと楽だったのに。でも、ローガンとネバダはそっちを避難ゾーンと宣言し、隙を見ては向こうに隠れていた。

廊下の角を曲がってその先の部屋に入ると、ネバダが台の上に立ってハイヒールと製作途中のウエディングドレスを試着していた。ドレスのほうはまだ青い線で印を入れたモスリンでしかなく、二人のスタッフがネバダの足元でドレスの裾にピンを留めていた。

アラベラはネバダの前に立って腕組みしていた。二人ともブロンドだけど、ネバダの髪はクローバーハニーの色に近く、アラベラの髪はとうもろこしの金色の毛に似ている。わたしは三姉妹の中で唯一のブルネットだ。こうして見るとネバダとアラベラは本当によく似ている。顔を見なければ、アラベラはネバダの縮小コピーのようだ。

ふふふ、次に喧嘩したときはそう言ってやろう。きっといやがるはず。

「どうしたの?」そうたずねる。

「ネバダがブーケにライラックを入れたいって」

「いいんじゃない?」ネバダはカーネーションがいいと言ってるけど、きれいなピンクのライラックを足したっていい。別に問題はない。

「青だよ」アラベラが絞り出すように言った。「青のライラックがいいんだって」

絶対に無理だ。「ネバダ……」

「昨日フレンチライラックの茂みに隠れるはめになったんだけど、すごくきれいで香りもよかったの。名札には〝ワンダーブルー〟たくさんの花がつき、豊潤な香りを漂わせる〟って書いてあったわ」ネバダが言った。

フレンチライラック、ワンダーブルー、で検索してみた。この青、血の気のない顔みたい。「どうして茂みに隠れてたの?」

「相手が撃ってきたんだって」アラベラが渋い顔で言った。

「撃たれてる最中にわざわざライラックの匂いを嗅いだの?」信じられない。

「そう。温室にいたんだけど、最高の隠れ場所だった」

わたしは理性に従うことにした。ネバダは理性的な人だから。「春の結婚式がいいって言ったのはネバダよ。ネバダがピンク、白、明るいセージグリーンをテーマカラーに選んだの。結婚式に青は使わない」

「今使うことにしたの」

「花嫁のブーケに入れるのはピンクのカーネーション、ピンクのスイートピー、白いバラ、カスミソウよ」しかもネバダが一つに絞れなかったからピンクのカーネーションは三種類だ。だいたいネバダは、ブーケはカーネーションにすると言ったときのブーケデザイナーの目に浮かんだパニックを見ていない。どうやらカーネーションはマッド・ローガンの結婚式で使うには高級感に欠けるらしい。気の毒なブーケデザイナーはあくまでランを勧めていた。

「プラス青いライラックね」ネバダが言った。

「合わないよ」アラベラがうめいた。

わたしはセージ色のブライズメイド用ドレスを検索し、タブレットをネバダのほうに向けて画像をスクロールした。「花を見て。ピンクと白。ピンク。ピンク。白。ピンクと白」

「どうでもいい」ネバダが答えた。「わたしは青いライラックがいいの」

ああもう、ここから飛んでいってしまいたい。でも今すぐってわけにはいかない。

「とにかく、わたしはもうオフィスに戻らなきゃいけないから」ネバダが言った。

「何かあったらメッセージを送って」

「女王様はもう帰るって」と、アラベラ。

わたしは深々と膝を折ってお辞儀した。「ごきげんよう、陛下」

「二人とも嫌い」

「それはこっちのせりふ」アラベラがネバダに言う。

「結婚式の前から嫌いだった」

「こっちは嫌われる前から嫌いだったもんね」

「出ていって！」ネバダがうなるように言った。

わたしは部屋から出た。

アラベラが追いかけてきた。「ライラックは無理だよ。テーマが台無しになる」

「わかってる」

「どうするつもり？」

「いったん忘れて、家に帰ろう」

「カタリーナ」女性の声がした。

声のほうを向くと、ネバダの未来の義母、アローサ・ローガンがドアロの車椅子から手招きしていた。

「二人きりで話せる?」

ああ、これは悪い予感がする。「もちろんです」

「外で待ってるね」アラベラが言った。

2

　ミセス・ローガンのあとについて部屋に入った。広い室内の壁には書棚がずらりと並び、年代も厚みも色もさまざまな本がいっぱい詰まっている。右にあるアーチ型の大きな窓から日光が差し込み、クリーム色の大理石の床を輝かせている。どの窓の前にも読書用のベンチがあって、ターコイズ色のクッションと飾りのついたクッションが置かれていた。ベンチの上には白と黒、ラベンダー色のメキシコ風ブランケットがたたまれている。ピンク、白、青の複雑な幾何学模様に彩られた天井からは、モロッコ風の繊細なランタンが下がっていた。

　ぶつかり合ってもおかしくないのに、テキサスとスペイン、そしてモロッコのスタイルが完璧に調和している。まるで魔法のようだ。おとぎ話の本を開いたとたんにページの中へ入り込んで、幻想的なお城に行き着いたみたい。その中を、宮殿に君臨する優雅な女王のように、さりげなくエレガントにミセス・ローガンが進んでいく。車椅子でさえこの雰囲気に合っていた。

わたしは床を見下ろした。合っていて当たり前だ。ここはミセス・ローガンの家なのだから。この部屋にいると違和感を覚えるのは誰のせいでもない。高級家具店や、値段がつけられないほど貴重なものが並ぶ美術館にいると、怖くて何も触れないような気持ちになるのと同じだ。他人のスペースから出て、気楽な自分の家に帰りたくなった。

「見せたいものがあるの」

革装のずっしりした書物がいちばん上の棚からすっと飛び出し、ミセス・ローガンの手におさまった。その手が書物を開く。

近づいていってその左側に立った。黒っぽい制服を着た男性と、黒いベールとドレスに身を包み、白い花のブーケを持った美しい女性の色あせた古い写真が分厚いページの中に見えた。ベールは美しいティアラで留めてある。ティアラの真ん中、いちばん高い部分の下には、ハート形の見事な宝石がはめこまれていた。クルミほどの大きさで、擦り切れた古い紙の上でも輝きを放っている。

「曾祖母の婚礼写真よ」ミセス・ローガンが言った。

「すてき。でもドレスが黒なんですね」

「伝統的なスペインのウエディングドレスは黒なの」彼女はにっこりした。「カトリックのやり方にはちょっと陰気なところがあってね。カトリックの女性は黒のドレスを着ることで夫を死ぬまで愛すると誓うのよ」

たしかになんだか暗い。結婚式で死を考えたい人なんている？

「黒のドレスは献身、オレンジの花は豊穣《ほうじょう》と幸福を意味するの。白いウエディングドレスがはやり出したのは、十九世紀に英国王室が取り入れるようになってからよ。ヨーロッパの上流階級がそれに続いたけど、曾祖母は拒否したの」

ミセス・ローガンがページをめくった。今度は白いドレスを着た美しい花嫁が黒いスーツ姿の花婿の隣に立っている。シルクでできたドレスのトレーンが、二人の足元に扇状に広げてあった。きれいなベールを留めているのは、さきほどと同じティアラだ。

「わたしの祖母よ」

「きれいな方ですね」

「うれしいわ」

さらに次のページ。一九六〇年代の髪型をしたタキシード姿の男性に寄り添っているのは、ウエストを絞った白いドレスを着た三人目の花嫁だ。風にそよぐベールを留めているのは同じティアラだが、この写真はカラーで、ブルーグリーンの宝石の色がはっとするほどすばらしかった。

「これは母」

「みんなきれい」

うちもこういうのを作ったらどうだろう？　家に帰ったらすぐネットでフォトアルバムを買って、フリーダおばあちゃんとママに結婚式の写真を提出させよう。

「ありがとう」

ミセス・ローガンがページをめくると、今度は若い頃の輝くような彼女自身が、マッド・ローガンに似た男性と並んだ写真が現れた。ドレスは蜘蛛《くも》の巣のように繊細だ。黒っぽい髪の上には、まるで最初からそこにあったかのようにティアラがのせられている。

「すてき」

ミセス・ローガンが笑った。「おかげで気持ちが明るくなったわ。このアルバムにネバダの写真も加えるつもりなの。コナーは一人っ子だけれど、これで娘ができるし、娘の写真はこのアルバムに入れたいから」

「姉はとても光栄に思うでしょうね」

「このティアラ、わかる?」

「ええ、とってもゴージャス」

「《海光冠《シーライト・クラウン》》と呼ばれているの。厳密には冠《クラウン》じゃなくてロシアの伝統的なヘッドドレスのココシニクなんだけど、クラウンのほうが立派に聞こえるでしょう? 真ん中の宝石はアクアマリン。あまり知られていないけれど、天然のアクアマリンはパステル系のグリーンが多くて、加熱することで明るい水色になるの。でもこの石はまったくの未加工よ。こういう色合いのブルーグリーンがうちの家族にとって大きな意味を持つの」

ローガンはネバダに美しい宝石のついたネックレスをプレゼントした。ネバダはその石をエメラルドだと思ったみたいだけど、それは世界でもめずらしいブルーグリーンのダイヤモンド、《エーゲ海の涙》だった。これでその理由がわかった。

「ネバダにもこのティアラを使わせてもらえますか?」こんなことを言うのは失礼だったかもしれない。

「そのつもりよ。式が終われば《シーライト》はネバダのものになって、いずれは二人の子どもたちに受け継いでほしいの」ミセス・ローガンはため息をついた。「でもちょっとした問題があって」

「というと?」

「なくなったの」

「なくなったってどういうことですか?」

ミセス・ローガンの顔を心痛がよぎった。「二日前はいつもの場所にあったのに、今日になったら見当たらないの。残念だけど、盗まれたと考えざるをえないわ」

この屋敷に大勢の人間が出入りしていることを思えば、驚くことじゃない。全員の身元は確認しているけど、経歴だけで何もかもわかるわけではない。式場の準備にあたっている造園師、特注のガゼボを作っている大工、半透明の巨大なテントを設営している作業員や、木に照明を吊《つ》るしているスタッフが少なくとも八人、インテリアデザイナーとその部下たち、家具の配送係……事情をきかなければいけない人がたくさんいる。ネバダに頼んでも二時間はかかるだろう。そんなに長く姉を座らせておくのは大変だ。

「《シーライト》にはセンサーが取り付けられていて」ミセス・ローガンが言った。「ティアラに埋め込んであるから、本体を壊さないと取り出せないの。衛星で追跡するシステムだから、位置精度の誤差は一キロ半。ティアラがまだこの敷地内にあるのはわかってる。それをあなたに見つけてほしいの」

わたしに？　たしかに十二歳からうちの事務所で働いている。下調べとか電話対応とか簡単なことから始めて、担当案件を持つようになったけれど、別に深刻な事件じゃない。保険金詐欺を担当するのはローリスクだからで、家出した少年少女の捜索を担当したのは、子どもたちが大人には言わないことをわたしに教えてくれるからだ。それに比べるとこの事件は責任重大だ。

「でも、それだと……」こんな言い方は失礼だし、ばかみたいだ。先にミセス・ローガンの信頼に対してお礼を言わなければ。「いえ、信頼してもらって光栄なんですが、調べなきゃいけない人は百人以上いるし、そのほとんどはこの屋敷に初めて来る人ばかりです。ネバダならわたしの何倍もの速さで片付けるし、百パーセント正確です。姉は誤判定を出しませんから」

「犯人が雇い人の中にいるとは思っていないの」ミセス・ローガンはライムを噛《か》んだような顔をした。「親族の誰かなのはたしかだわ」

「どうしてですか？」

ミセス・ローガンは書架のほうを振り返った。横二メートル、棚十二段分のぎっしり詰まった書棚が数ミリ浮き上がり、そのままこちらに近づいてきた。

思わず息をのむ。すごい重さだろうに。

書棚はわたしの横を通り過ぎてそっと着地し、そのあとに丸い空間が現れた。明かりがつき、くぼみや隙間のある明るい茶色の壁を照らし出した。そのくぼみや隙間に貴重な品が置かれている。彫像、宝石を埋め込んだ短剣、真空ケースに入れられた巻物や書物。その中央、いちばん目立つ場所に、ホルダーだけが取り残されたスペースがあった。

わたしは呼吸を思い出した。

「普通の人がこの書棚を動かそうと思ったら、数人は必要になる」ミセス・ローガンが言った。「本を取り出して、床を傷つけないように書棚を動かして、また戻して本を並べ直さないといけないから。昨日の午後もおといも、このオフィスにはずっとわたしがいたの。夜には施錠して、コナーの部下が設置したセンサーをいくつかセットするのよ。アラームを解除するには認証コードとわたしの親指の指紋が必要になる。窓の外は崖だし、窓にもセンサーが設置してあるわ」

生体認証を使ったセキュリティシステムは突破するのがむずかしいけれど、できないわけじゃない。指紋も、虹彩《こうさい》でさえも、写真を使えばデジタル処理でコピーできる。普通の携帯電話で撮った写真でも大丈夫だ。

「認証コードを知ってる人は？」

「コナーとわたし。ドアの開閉は自宅内のサーバーに記録されるし、昨晩わたしがオフィスを施錠してから誰かが開けようとした記録はないわ」

「昼間、短時間でもオフィスを離れるときは施錠するんですか？」

「いいえ。子どもたちはここで遊ぶのが好きだし、隠し扉を開けられるのは強力なテレキネシスだけだから、誰も触れられないはずよ」

わたしは部屋の隅からこちらを見守るカメラに目をやった。「監視カメラの映像は？」

ミセス・ローガンがしゅんとなった。「電源が入っていないの」

「どうしてですか？」

彼女はため息をついた。「自宅の中はプライバシーを守る権利があるからよ。屋敷の出入り口を監視するカメラは常にオンになっているし、映像はコナーの部下がチェックしているけれど、知らない人に家の中まで監視されるのはいやなの。双方で妥協した結果よ」

未来の義理の兄はきっとそれが不満だったに違いない。コナー・ローガンはセキュリティに病的なほどこだわる。ネバダもだ。二人の子どもたちがどうなるかと思うとぞっとする。

「これでわかったでしょう、普通のやり方で《シーライト》を盗む方法はない。犯人は強力なテレキネシスだから、これは家族内の問題よ。だからこそネバダを巻き込みたくないの。この三カ月、ネバダをよく知る機会に恵まれたけど、彼女には敬意と愛情を感じているわ」

「じゃあ、どうしてネバダに任せないんですか？」

ミセス・ローガンは膝に置いた両手を握り合わせた。「コナーはわたし側の親族の何人かが好きじゃないの。それも当然といえば当然ね。気むずかしい特権階級で、恩知らずな振る舞いも多いから。それでも親族は親族よ。兄弟姉妹といっしょに庭で遊んだり、ビーチに出かけたり、家族のお祝いに集まったりした思い出がわたしにはある。親族間で深まった溝を埋められたら、と常々思っているの。でも、ネバダにこの盗難事件を任せたら、家族を尋問することになってしまう」

たしかにその通りだ。「それは望まないんですね？」

「そうなの。ネバダが家族と接する始まりが尋問と疑惑であってはいけないわ」

ネバダが魔力を使えば、相手を麻痺《まひ》させてその心からあらゆる秘密を引き出すことができる。そんな目に遭った者はそのことを忘れない。父方の祖母ヴィクトリア・トレメインが〝超一流〟たちに恐れられているのはそのせいだ。

「それでなくてもあなたが手いっぱいなのはわかっているけれど、ごめんなさいね、ほかに頼める人がいないのよ。コナーに頼んだら、親族を一人ずつ逆さづりにして白状するまで揺さぶり続けるだろうし」

それはそれで見ていてすごく楽しそうだ。

「あなたは調査の経験があるし、わたしは家族内で事をおさめたいと思ってる。貸しを作ると思ってやってくれないかしら？」

「もちろんです。それに、貸し借りなんて考えないでください。家族にそんなものはありませんから」

どこかのろくでなしが盗んだのはネバダのティアラだ。たとえこの家を土台まで破壊することになっても、ネバダにはかならず結婚式で《シーライト》をつけさせなければ。

わたしはまっすぐミセス・ローガンを見た。「条件は、ネバダに知られないことですよね？」

「そうよ」

「わたしにも条件があります。まず、あなたの親族に質問する権限が必要です。答えたくないと言われたら調査は行き止まりですから」

「もちろんよ」

「それから監視カメラの映像を見せてください。屋内の監視カメラも追加しないと。映像は外部の人間ではなくいとこにチェックさせますし、ティアラが見つかれば消去しますから」

「それは避けられないの？」

「ええ」調査のやり方について最初に学んだのが、できるかぎり情報を集めるのが大事ということだ。

「結構よ」ミセス・ローガンはうなずいた。

「あと、この件はコナーに伝えなければ」

「あの子が手出ししないなら大丈夫」

「それから、先に言っておきます」ネバダが同じせりふを口にするのを聞いていたから、自分が繰り返すのは不思議な気がした。「調査対象に家族が含まれると、表に出したくないことが明るみに出ることがよくあります。その可能性は覚悟しておいてください」

ミセス・ローガンは考えた。「もし親族の誰かがコナーの結婚式を危険にさらしたのだとしたら、張本人を見つけ出してほしいし、罰を受けてほしい。家族は恥を許しても裏切りは許さないわ」

3

わたしはママから借りている青いホンダ・エレメントに乗り込んだ。うちは車の選択肢が少ない。ほとんどが古いモデルでこれといった特徴がないので、調査中でも目立たない。この車はうちの手持ちの中でもいちばん見た目がいい一台だ。

「なんだったの？」アラベラがきいた。

「ミセス・ローガンが泥棒捜しを手伝ってほしいって」

アラベラの目がぱっと輝いた。「何を盗まれたの？」

「結婚式のティアラ」

「ネバダは知ってる？」

「知らない。これからも知らせない。これからローガンの家に行くわ」

「あたしは運転手ってこと？」

「ここまではわたしが運転してきたんだから、帰りはお願い」

わたしたちの家からミセス・ローガンの屋敷までは、道の混み具合によって三時間から三時間半かかる。ふだんはたいていリモートでこなしているけれど、式の日が近づくにつれ、往来も多くなった。うちは新興の一族で姉がマッド・ローガンと結婚するという状況から、二人からは絶対に単独行動をするなと言われている。

アラベラが鼻に皺《しわ》を寄せた。「うん、でもローガンの家は三十分よけいにかかる」

わたしは二十ドル札を引っ張り出した。「わかった。じゃあ正式に雇う」これは事務所の経費にしよう。

アラベラはお札をさっと取った。「了解」

「行くわよ」

妹が警戒するように目を細くした。「ちょっと待って」

その視線の先を見ると、若い男がこちらに歩いてくる。体つきは引き締まっていて、カールした黒っぽい髪はトップだけを長く残したスタイルだ。チョコレートブラウンの目、太い眉、豊かな唇。整った顔立ちだ。顎はすっきりと剃《そ》っている。わたしと同年代に見えるけど、どこかティーンアイドルみたいな雰囲気がある。洗練されているいっぽうでわざとラフにしていて、寝起きの髪のまま偶然そこにあったハイブランドの服を着てきたような感じだ。自分をもてあましてぶらぶらしているようで、ハンサムでごめんとその顔が言っている。

「こっちに来るよ」アラベラが言った。

「今車を出したら話しかけなくてすむ」

「話しかけたいな。キュートだし」

冗談じゃない。「車を出して」

「やだ。カタリーナってときどき年寄りみたいなこと言うよね」

またこれか。

青年は車のところまで来た。アラベラのほうに行くと思ったのに、進路を変えてわたしのほうのウインドウをノックした。ああもう、どうしよう。体がシートに溶け込めればいいのに。

ウインドウを下ろす。アラベラ、あとで覚悟しなさい。

彼は車のルーフに寄りかかり、ウインドウの中をのぞき込んでにっこりした。本当に感じのいい笑顔だ。その顔が明るくなった。

だめだめ、笑顔を気に入ってはいけない。人を好きになったらどうなるか、自分がいちばんよく知ってる。やめなければ。

「やあ」彼が口を開いた。

「どうも」アラベラが答える。

彼はわたしを見ている。「どうも」わたしも答えた。

「きみのことずっと見てたんだ。声をかけようと思ってたけど、いつも忙しそうで」

もう声をかけたでしょ、行ってよ。

「ぼくはシャビエル」

アラベラが割り込んでくるのを待ったけど、妹は生まれて初めて口を閉じることを選んだ。裏切り者め。「カタリーナ」

彼はまたほほえんだ。「知ってる」

なんてくだらない話。

「テニスは好き？」

なんの話？　何か答えないと……。

「姉はテニスが大好きよ」アラベラが突然声を張り上げた。

「今度いっしょにやろうよ」彼は肩をすくめた。「ごめん、下手な誘い方なのはわかってるけど、いちばん近い街でもここから一時間かかるし、運転は許してもらえないし、やることがなくてさ。どうかな？」

「いいわ」この人を追い払うにはこう言うのがいちばんだ。

「よかった。じゃあ、また」

彼は一歩下がって輝くような笑顔を見せると、去っていった。わたしはウインドウを閉めた。アラベラが中庭から車を出した。

「〝テニスが大好き〟？　ルールも知らないのに！」

「あの人、テニスのことなんかどうでもいいの。カタリーナの名前も知ってたし」

「そうだけど」わたしはうなるように言った。「無理だって知ってるでしょ？」

「そう思ってるだけ。魔力のコントロール、すごくうまくなったじゃない」

「危ない橋は渡れない」

「渡ろうとしないだけだよ」アラベラは首を振った。

「無責任なことはできないの！」

「キュートな男の子と出かけるのは無責任なことじゃない。自分の胸に手を当ててきいてみなよ。カタリーナは三十じゃない、十八なんだよ」

「人をおもちゃ扱いするなんて無理。あの人のことを好きになるかもしれないし、デートしたくなるかもしれない」

「それで？」

「でも、それだけで危険なことになりかねない」

「じゃあ、もうあきらめて尼僧にでもなれば？」

「わかった、そうする！」

しばらく車内に沈黙が流れた。

「彼を好きになれとかいちゃいちゃしろとか、〝結婚して！〟って叫びながら追いかけろとか言ってるんじゃないのに」アラベラが言った。

「わかってる」

「ただあの人にチャンスをあげてもいいでしょってこと。ちっちゃなチャンスをね。ひとかけらでいいから。それで最悪どうなるってわけでもないでしょ？」

「わたしのコントロールが一瞬ゆるんで、魔力が漏れるかもしれない。そのせいであの人は理性を失って、声を聞きたい一心でとろんとした顔でわたしをつけ回すかもしれない。ブラシから髪の毛を盗んで枕の下に隠して、孤独な夜にその匂いを嗅ぐとか、そういう気味の悪いことをするのよ」

アラベラがこちらを見た。「すごく具体的だね」

「高校一年のときのマイケル・サンチェスがそうだったから。道路から目を離さないで」

「じゃあ、そうなったとするよ？」妹は中央レーンに合流した。「〝理性を失った〟として、それがなんなの？　あの人は二週間後にはいなくなる。カタリーナの魔力は時間と距離を置けば薄れるでしょ？　最悪の事態になったとしても、一カ月後には元通りになってる。普通の人だってひと夏の恋を忘れるのにそれぐらいはかかるんだし」

「だとしても、正しいことじゃないわ」わたしに他人の感情を操作する権利なんかない。わざとじゃないとしても関係ない。可能性があるかぎり、だめだ。

「牧場に行ったときのこと、覚えてる？」

母の友人が所有する人里離れた八十万平米の牧場で、木立と岩しかない場所だった。家族がアラベラをそこに連れていったのは、誰も脅かさずに変身するためだった。

「あたしが練習できるようにみんなで行った場所。あそこですごくがんばったの。怒りっぽかった十二歳のあたしでも、人生らしい人生を送りたいなら自分の力を学ぶしかないってわかってたからよ。何ができて、どれぐらいの時間できて、何ができないのか、知っておく必要があった。運転と同じで、距離感とかブレーキの効き方を知るのが大事なの。それなのにカタリーナは練習しない」

わたしは妹をにらんだ。「いつだって練習してるわ」

「そう、使わない練習をね。自分の力を使わない点ではすごく優秀だよね。もう身についてる」

「その通り、力を使わない点で優秀よ。だってそうしないわけにはいかないいんだから」

アラベラの目が鋭くなった。「じゃあシャビエルにはなんの危険もないわけだ？」

これにはむっとした。「ときどきあんたが嫌いになる」

「あたしが正しいのが我慢できないだけでしょ。実際、シャビエルと話すことの何がそんなに危険なの？　カタリーナは秋には大学に行くんだし、大学にはいろんな人がいる。いろんな大学生男子がね。それもキュートな」

「大学には行かないかもしれない」

「そう」アラベラが言った。

わたしは黙っていた。

「待って、本気？」

「うん」

「なんで？」

理由は複雑で、たくさんある。まず学費が高い。何を専攻すればいいかわからないし、自分の時間と家族のお金を無駄にしたくない。でも何より、この四年間、あらゆる学科で最高点を目指して卒業というゴールに向かって走ってきた。いつも何かの締め切りに追われて、一つを終えると次のレポート、次のテスト、次の課題に追い立てられてきた。学校が繰り出してくる課題がようやく底をついて、クリスマスが終わったとき、高校に入学して初めて新鮮な空気を吸ったような気がした。まだ卒業式が残っていて壇上を歩かなくちゃいけないけど、五月に卒業したらやっと自由になれる。

ママとフリーダおばあちゃんに言ったら大変なことになるだろう。わたしは大学進学希望者向け標準テストで一六〇〇点満点中一五八〇点をとった。全国で上位一パーセントに入る成績だ。大学は選び放題だし、どんな奨学金もほぼ通るだろう。二人とも将来をドブに捨てるようなものだと言うに決まってる。

「大学に行かないとしても、いつかは家族以外の人と関わることになるよ。カタリーナには孤独になってほしくない。自分から孤独になりたいなら別だけど、ほかにどうしようもないからしかたなく孤独になるなんてだめ。魔力だけが問題なら、アレッサンドロとデートすればいいじゃない。彼は〝超一流〟のメンタルディフェンダーだし、カタリーナの魔力に耐えられるかもしれない」

その話を持ち出さないでほしかった。「あの人はわたしの魔力をフルパワーで受けたのよ」

アラベラは顔をしかめた。「やめてよ。カタリーナが魅了した人がどうなったか見てきたけど、アレッサンドロにはそんな様子は全然なかった。アレッサンドロはただカタリーナをあの高級車でドライブに連れ出して、話をしたかっただけだよ。それなのに警察を呼ぶって脅すなんて。何がそんなに怖いの？」

「彼の気持ちが本物じゃないことが怖いの」その言葉はれんがのように重く口からこぼれ落ちた。「今までわたし自身を好きになった人は一人もいない」でもアレッサンドロにはわたし自身を好きになってほしかった。

沈黙が流れた。

アラベラが手を伸ばしてわたしの手を撫《な》でた。まるで犬にするように撫で続ける。

「やめて」

「いい子、いい子」

「触らないでって言ったの」

「話もしないで、どうやって自分自身を好きになってもらうわけ？　家族以外にカタリーナのこと理解してる人っている？　これはまじめにきいてるの。それとも、カタリーナと友だちになろうと思ったらテレパシーで中身を知るしかないってこと？」

わたしはうめいた。「じゃあ、シャビエルにチャンスをあげたら黙ってくれる？」

「もちろん！」

「わかった。今度シャビエルが話しかけてきたらちゃんと話す。これでいい？」

「最高」

「よかった」

アラベラの言うことも一理ある。自分自身をさらけ出してもいないのに、誰も本当のわたしを好きになってくれないと文句を言うのはおかしい。少しずつ変えていこう。まず一人から、一度の会話から。魔力は鉄の意志で抑え込もう。

意外に悪くないかもしれない。


ミセス・ローガンの屋敷よりローガンの家のほうがずっと好きだ。こちらも高価な家具でいっぱいだけど、感じが違う――シンプルで無骨で、あの宮殿より家庭っぽい。ここにいると自宅の倉庫にいるような感じがする。ローガンには前もって行くと連絡しておいたけど、いきなり行っても誰も驚かないだろう。

ドアベルを鳴らすとドアがさっと開いて、たくましい肩と短い金髪が印象的ながっしりした男性が出てきた。ローガンの部下はほとんどが元軍人で、彼もその一人だ。

「ようこそ」トロイが言った。「キッチンにスシがあるときみたちに伝える許可をもらってる」

「やった！」妹はまっすぐキッチンに向かった。

「少佐はオフィスで待ってるよ」

「ありがとう」階段をのぼり、バルコニーを突っ切って、ローガンが指揮を執るオフィス部分に向かった。知っている人たちに手を振りながら歩いていき、監視室に入ると、茶色い髪をした細身の男性が九台のモニターの前に座っていた。わたしの気配を感じて、彼は椅子をくるりと回した。その顔がぴくっと痙攣《けいれん》する。

「どうも、バグ」

「よお」

バグは虫飼いだ。〝虫〟は神秘域の存在だけど、神秘域やそこに生息する生物については誰もくわしいことを知らない。召喚者をはじめとする能力者は神秘域から生物を引き出すことができるけど、その仕組みを本当に理解しているわけじゃない。

たとえば、〝虫〟を移植された人間の調査能力は飛躍的に高まり、視覚情報をとんでもないスピードで処理できるようになる。けれど、そういう形で変異した人間は二年以内に死んでしまうのもたしかな事実だ。バグは空軍にいたときに虫飼いに志願した。すべては計画通りに運んだ。彼は移植手術を生き延びて虫飼いになり、多額のボーナスを手にした。でも一つだけ想定外だったのは、バグが死ななかったことだ。最初にネバダがバグを見つけたとき、彼は狂気と紙一重だった。ローガンの治療で回復したバグは、ローガンの調査仕事を一手に引き受けている。

「シャビエル・ラミレス・セカダ。年は十九。イケル・ラミレス・マドリードとエヴァ・セカダ・エスクデロの長男で相続人だ。〝一流〟下位のテレキネシスで、少佐の甥《おい》であることを自慢したがる」

「それで？」

「奴は少佐の甥じゃねぇ。父親のイケルは少佐のいとこだから、シャビエルはまたいとこだ。カタリーナ、絶対やめとけ」

「プライバシーに口出ししないで、バグ」わたしは止まらず歩き続けた。

「奴のインスタは〝デキる男の日常〟って呼ばれてるらしいぜ」

「口出しはやめて！」

もう一度曲がるとローガンのオフィスだ。ローガンはたいていバグの巣の隣室にいるけど、たまに奥の書斎にこもる。わたしはどっしりしたレッドオーク材のドアをノックした。ドアが大きく開き、わたしを中に招き入れた。

ローガンはミセス・ローガンと同じく、壁一面を床から天井まで本で埋め尽くしているけれど、使っている木材は黒っぽく、椅子はチョコレート色のレザーで、床には年月を経た木を使っている。ローガンは大きなデスクの向こうに座り、ノートパソコンのキーボードに指を走らせていた。椅子が一脚、こちらに滑ってきたので座った。太いストローがささった大ぶりのグラスが漂ってきて、空中でぴたりと止まった。手に取って飲む。タピオカ入りのライチティー、わたしのお気に入りだ。

ローガンが本心からわたしたちを気に入っているのか、愛するネバダの大事な存在だから親切にしてくれるのか、わからない。本心から気に入っていると思いたい。

ローガンがノートパソコンから目を上げた。「予算の最新情報か？」

「メールで送ったわ」

ローガンはファイルをチェックした。「ビダズラー、十九ドル九十九セント？」

「布にラインストーンをつけるための小さな道具よ」

ローガンは顔をしかめた。「花嫁のベール用？　その方面には手出しできないことになってるんだが」

ネバダとローガンは結婚式についてある取り決めをした。二人とも贅沢な式は望まなかった。それでもうちの家族は、こういう規模の結婚式の費用を折半することはできない。そこで、ミセス・ローガンの了解をとったうえ、ドレス、ベール、靴、ブーケはうちで買うことにして、残りは全部ローガンが負担することになった。ローガンは喜んで全部支払うつもりだっただろうけど、ネバダは譲らなかった。たとえどんな小さな金額でも、その取り決めを破ったとネバダが知ったら大変なことになる。

「いいえ、ビダズラーはベール用じゃないの。ミア・ローサ・ガルシア・ラミレス・アロージョ・デル・モンテのぬいぐるみのユニコーンに使うのよ」

「わかった。次は?」

「《シーライト》がなくなったの」

一瞬、沈黙が流れた。

「あのばかどもが盗《と》ったんだな」

驚いたことに、ローガンはいきなり結論を出した。

「ミセス・ローガンに調べるように頼まれたの。極秘で調査して、ネバダを巻き込まないでほしい、って」

ローガンはため息をついた。「そうだな。未来の妻にはなるべくあのばかどもと関わってほしくない」

「全員どうしようもない人たちなの?」

「違う。伯父のイニゴーとエミリア、その三人の子どもたちは心から信頼している。伯父マッティンとその家族もだ。政治思想には賛成できないが、家名を汚すようなことは絶対にしない。彼らは容疑者リストからはずしていい。伯母のミレンとその娘のグラシアは誰よりも誠実だし、グラシアの妻とその二人の子どもたちも信頼している。だが、母の妹や弟たちは、結婚式で花嫁のものを盗むのをまったく躊躇《ちゅうちょ》しない奴らだ」

わたしは椅子の背にもたれた。「くわしく教えてくれる？」

ローガンはため息をついた。「祖父は、家業に貢献できるほどの年齢になるまで子どもは母親のもの、という信念の持ち主だった。底意地の悪い年寄りさ。祖父は祖母と結婚して、母を含む四人の子をもうけた。母が十歳のとき祖母が亡くなり、四人の子たちは子育てのことを何も知らない祖父にゆだねられた。喪があけるとすぐ祖父は再婚した。二番目の妻は母と十二歳しか違わなかった。その女性を選んだのは、家柄も能力も適切で、若く健康だったからだ。おれも会ったことがある。若くして結婚した彼女は愛情深い夫とすばらしい家族を夢見ていたが、実際にはベビーシッター代わりでしかなく、祖父はほとんどその存在を無視したんだ」

なんてずるい人だろう。

「祖父と彼女との間には三人の子どもが生まれた。末の子が生まれる頃には先妻の子たちは成人していて責任ある働きをしていたから、父親からたっぷり目をかけてもらえた。後妻の子たちは父親にはかまわれず、母親にひどく甘やかされた。三人とも横柄な快楽主義者に育ったよ。うちの親族を見下してるし、祖父が亡くなれば家族はきっと分裂するだろう。それでも母は、面倒を見てやった小さな赤ん坊の頃の奴らを覚えていて、欠点は大目に見ようと決めているんだ。奴らはそこにつけこんでいる。向こうから連絡があるのは何かほしいときだけだ。金、コネ、保証、その他もろもろ。最低限の礼儀もわきまえていないから、それ以外はクリスマスカード一つよこさない。イニゴー、マッティン、ミレン、母が先妻との子で、マルケル、アネ、ソリオンが後妻との子だ」

屋敷を出る前にミセス・ローガンのデスクから取ってきたゲストの部屋割りを、タブレットでチェックする。三人の兄姉とその子どもたちは東棟に、母親が違う弟妹とその子どもたちは西棟に割り振ってある。これで仕事がやりやすくなった。「お祖父《じい》さまは式に来られないの？」

「ああ。祖父はうちの父に変な対抗意識を抱いていたんだ。一方的なものだが、父が亡くなった今、それはおれに向けられている。祖父は具合を悪くしているんだが、それを誰にも、とりわけおれには知られたくないらしい」

「あなたの親族にミセス・ローガンの隠し扉を開けられる人は？」

ローガンは顔をしかめた。「できないことはない。みな自分の力を隠すことに自信がある。家族内の娯楽みたいなものだ。おもしろいことに、それで平和が保たれている。誰も相手がどれぐらい強いか知らないから、対立を避けるんだ。母方の親族は〝一流〟が多いが、ときおり、一世代に一人ぐらいは並外れた〝超一流〟が生まれる。母がそれだった。父がバスク地方までおもむいたのは、母が花嫁に求められるしかるべき力を持っていたからだ。父は決して母を手放そうとしなかった。結婚するために資産の四分の三ほどを祖父に渡すことを承諾してまでね」

「じゃあ、お祖父さまは娘を売ったの？」

「その通り。いつか母にその話を聞いてみるといい」

どんどんおもしろくなってきた。「オフィスの監視カメラが動いていないのを知っているのは？」

「全員知ってる。家の中ではプライバシーが保たれるから安心しろと、母が言ったからね」

わたしたちは同じ表情で見つめ合った。ときどきママもこういうことをする。〝脚が痛むなら見張り台に行くのはやめたら？〟と止めても見張り台に上がっていき、結局その晩は膝に痛み止めのクリームを塗ったり脚を引きずったりしている。

「屋敷に監視カメラを取り付けるわ」

「母は同意したのか？」

「ええ。家族以外に録画映像を見せないっていう条件で。バーンは家族だし」

ローガンは椅子の背にもたれた。「この十二年でおれができなかったところまで踏み込んだな。おめでとう」

「ありがとう。ミセス・ローガンは本気で《シーライト》を見つけ出したいと思ってる。結婚式のアルバムを見せてくれたの」

「おれは何をすればいい？」

「疑っていない人の分も含めて、全員のファイルがほしい。それから造園スタッフになりすましてカメラを設置してくれる人も必要ね。バーンに頼んでもいいけど、あの人たちがもし下調べをしていたらすぐにばれるし、リスクはとりたくない。それから《シーライト》に取り付けてあるセンサーの監視をお願いしたいの」

「あのセンサーは骨董品《こっとうひん》だ」ローガンがまた顔をしかめた。

「ティアラが敷地の外に出たらすぐに知らせて」

「了解」

「それから、花嫁のブーケに青いライラックは合わないってネバダを説得して」

ローガンの目が輝いた。「ネバダにたてついたのか。がんばったな」

「ダメ元でね」

4

キッチンは家の心臓だと言われる。それが本当なら、キッチンテーブルは何にあたるんだろう？　食べ物が流れ込んでくるから心房？　それとも食べ物が食べられたのちに送り出されていくから心室？　ときどきこんな奇妙なことが頭をよぎる。それはたいてい、疲れていて脳が気晴らしを求めているときだ。

顔をこすり、またコーヒーを飲んだ。テーブルにはタブレットとメモが散らばっている。右側ではいとこのバーンが〈ハミングバード〉をいじっている。ハミングバードは外側を好きな色に変えられる防水カメラだ。わたしたちはこれをきれいな茂みに隠すことにした。バーンは明るい茶色の熊みたいだけど、小さなカメラを扱う手さばきは外科医なみに正確だ。バーンはネバダをのぞけばうちで最年長にあたる。

テーブルの向こうではアラベラがタブレットでケータリングのメニューをチェックしていた。ミセス・ローガンは幼い頃にバースデーパーティで毒殺されそうになったことがあるという。そのときは小さないとこが代わりに亡くなった。そんなわけで彼女はほとんど自分で料理するけれど、結婚式ではそういうわけにはいかない。ネバダにケータリング会社選びを一任されたミセス・ローガンは、十七社と面談してようやく一社を選び出した。次はメニューを決めないといけないのに、ミセス・ローガンはぎりぎりまで引き延ばした。

アラベラの隣はバーンの弟のレオン。引き締まった体つきをした浅黒い肌のレオンは何かの銃を分解して掃除していた。数カ月前に自分の魔力を発見してから、レオンの毎日は銃一色になった。ママはもう止めようともしない。そのママはシンクのそばで溶かしたゼラチンをシリコン型に慎重に流し込もうとしている。アラベラが自家製のグミベアが市販品にかなうわけないと挑発したせいだ。いまや冷蔵庫の半分をシリコントレイが占領している。

わたしの頭の中では、ローガンが疑いを抱く二つの親族の経歴ファイルがぐるぐる回っていた。

うちでは、宿題をやるときはみんなこうやって座る。

「カナッぺって何?」アラベラがきいた。

「メロンがのってるやつ」レオンが答えた。

「パンみたいなのじゃない?」バーンが言った。

倉庫のどこかでドアが開く音がして、しばらくするとエンジンオイルで汚れたツイルの作業用オーバーオールを着たフリーダおばあちゃんが入ってきた。後光のように顔を取り巻くプラチナホワイトのカールと、輝く青い目。フリーダおばあちゃんは不機嫌なときがほとんどない。一度理由をきいたら、先が長くないのにみじめな気分で過ごすのは時間の無駄だからと答えた。それから一カ月、わたしはおばあちゃんが咳をするたびに気になった。

「おばあちゃん、カナッペって何?」アラベラがたずねた。

フリーダおばあちゃんは椅子に座り、鼻に皺を寄せた。「中にクリームの入ったイタリアのデザートじゃない?」

「それはカンノーリ」ママが言った。

「ググれよ」レオンが口を出した。

アラベラはうめき声をあげた。「注文入力画面を小さくすると毎回リセットされちゃうの。携帯電話は死んでるし」

わたしは自分の携帯電話をアラベラに渡した。

「調査のほうはどう?」ママがきいた。

「十歳未満の子とローガンが信用できるって言った人をのぞくと、容疑者は十二人」

「大人が子どもに汚れ仕事をさせるパターンもあるわよ」と、フリーダおばあちゃん。

「そうね、でも十歳未満の子なら黙っていられないでしょ？」

「あっちの屋敷じゃ、子どもたちが群れをなして走り回ってるの」アラベラが言った。

「きっとべらべらしゃべるに決まってる。それからバーンが正解だった。カナッペってパンみたいなやつだね」

　容疑者のリストを見つめる。リストは西棟の部屋ごとに、北から南に並べてある。名前がスペイン語だし、人によってはすごく長いから混乱するけど、わかりやすくするためにファーストネームとファミリーネームをひとつに絞った。いちばん多いファミリーネームはラミレスだ。ミセス・ローガンは母親違いの三人の弟妹を西棟に割り当てている。弟のマルケルとソリオン、それから妹のアネだ。

　まずは、母親違いの三男マルケルと再婚した妻イサベラ。マルケルは働いている様子がなく、一族の投資利益で暮らしている。イサベラのフェイスブックからは豪華な家に住み、高級車を所有しているのがわかる。でもローガンのファイルでは、マルケルは金が足りないとこっそり何度もこぼしているらしい。このお金はマルケルの息子と娘には流れていないようだ。

次は、マルケルの息子ミケルとその妻マリア。ミケルは、通信やインターネット企業を中心に投資する一族所有のベンチャー投資会社〈ラミレス・キャピタル〉を経営している。黒髪で背が高く、まだ若いのに髭《ひげ》は白髪交じりで、青白い顔に悲しげな目をしている。妻はやせぎすで真っ黒に日焼けしていて、ブリーチした金髪の持ち主だ。ハイブランドが好きで、たいてい白い服に大ぶりのゴールドのアクセサリーをつけている。マリアには二回会ったことがあるが、彼女は二回ともワイングラスを手にしていて、夫を見なかったかときいてきた。子どもが四人いて、そのうち三人が十二歳未満だ。

その次に、ルシアンとフネ・デ・バルディビア。フネはマルケルの娘で、オリーブ色の肌と黒っぽい豊かなカーリーヘアのふっくらした女性だ。ハンサムな夫はスポーツマンのような体つきで背が高く、黒っぽい髪と驚くほど青い細い目をしている。彼は屋敷のまわりを毎朝ジョギングしている。ルシアンはサイバーセキュリティ専門のコンピューター会社に勤めていて、フネは海洋プラスチックごみの回収を目指すスタートアップ企業に深く関わっている。彼らには母親似の娘が二人いる。

そして、ビダズラー少女の両親、ソリオンとテレサ・ローサ・デル・モンテ。ミセス・ローガンの母親違いの四男であるソリオンは鍛えられた体つきの四十歳で、ハンサムだ。一族の収入に頼って生活していて、興味の対象は二つしかない。それはサッカーと車。テレサは個性的なピクシーカットの専業主婦で、二人の子どもの面倒を見つつ、小説執筆に挑戦している。オンラインアクティビティを調べるとツイッターの割合が大きく、スペイン内外のロマンス作家や出版エージェントを多くフォローしている。経済的に困っている様子はなかった。

その次の部屋はミセス・ローガンの母親違いの妹アネ。アラベラの言葉を借りれば、〝愛人の若い男〟といっしょだ。男は二十代後半で、青い目と金髪、きれいな顔をしていて、ポール・サルミエントと名乗っている。アネは働いておらず、一族の投資収益で生活している。ポールに犯罪歴はなく、ローガンの部下によるとどんなデータベースにも指紋は登録されておらず、なんの仕事をしているのかはっきりわからない。わたしは彼の名にチェックマークをつけた。

最後は南端のイケルとエヴァのラミレス夫妻だ。オリーブ色の肌と黒っぽい金髪のイケルはアネの一人息子で建築家だ。この四年は自分の会社で働いている。妻は小柄で華奢《きゃしゃ》な人で、俳優をしていたけれど、イケルとの結婚で引退した。シャビエルは一人息子だ。

「一つわかんないのはさ」レオンが銃のパーツを別のパーツにすっとスライドさせせな

がら言った。まるで自動操縦モードで動いているかのように、レオンは手元を見もせずにやってのけた。「なんで《シーライト》を盗んだのかってことだよ。みんな金持ちじゃん」

「もう一度画像を見せて」フリーダおばあちゃんが言った。

《シーライト》の画像を出しておばあちゃんに見せる。

おばあちゃんは目を細くしてアクアマリンをつついた。「これが答えよ」

わたしは首を振った。「お金が目的とは思えない。《シーライト》は二十五万ドルと鑑定されて保険がかけてあるけど、主な価値は古さとアクアマリンを取り巻いているダイヤモンドにあるの。ハート形のアクアマリンだけなら、価値はたぶん七万五千ぐらいよ。例の厄介者の三人は、それぞれ一族の投資収益から年に百万ドル以上もらってる。何もしなくても」

「うらやましい」ママが言った。

アラベラが顔をしかめた。「ティアラを盗んだのがばれたら、一族から追い出されるのは確実だよね。楽に百万ドルもらえるのに、その四分の一の価値のものをあえて盗もうとする？」

バーンが拍手した。「暗算できたじゃないか、偉いぞ」

アラベラはバーンに向かって中指を立てた。

「見たわよ」ママがぴしゃりと言った。

「ごめん」アラベラは謝ったけど、全然悪いと思っていない口調だ。

「それに、もし盗んだとしてもそのあとが大変よ。あの人たちがアメリカに来るのは五年ぶりだし、盗品売買の業者なんか知らないうえに、まともな宝石店ならあれに手出ししない。あれを調べれば〝ローガン一族所有の《シーライト》〟って画像が出てくる。マッド・ローガンから盗んだものに手を出す人はテキサスにはいないわ。だから手放すこともできない」

「家に持ち帰るつもりなんじゃない？」アラベラが言った。

「空港で申告しなきゃいけないよ」と、レオン。

「どうして知ってるの？」ママがたずねた。

「レオンは銃の空輸方法を調べてたからね」アラベラが答えた。

ママは食洗機に食器を入れていた手を止め、レオンをにらんだ。

「ただ下調べしておこうと思っただけだよ」

わたしは椅子の背にもたれてため息をついた。「売れないし、国に持ち帰ることもできない。お金が目的じゃないってことか」

「じゃあ何が目的？」フリーダおばあちゃんが言った。

「ミセス・ローガン、コナー、ネバダ。ミセス・ローガンとコナーを憎んでるから恥をかかせたいとか、ネバダが大嫌いで一族に迎えたくないとか。ネバダに言わないのはそれがあるからなの。この件はネバダには隠し通して、わたしたちだけで解決するから」

「了解」と、バーン。

「じゃあ、ローガンとネバダをいちばん嫌ってる人を見つければいいわけだ」アラベラが言った。「シャビエルは容疑者に入ってる？」

アラベラめ、殺してやる。

海中で一滴の血を嗅ぎつけた鮫《さめ》みたいに、フリーダおばあちゃんの目が輝いた。

「シャビエルって誰？」

「誰でもない」なんでこんな間抜けな答えしか思いつかないんだろう。これでごまかせるわけないのに。

「シャビエルはローガンのキュートないとこなんだけど、なんか、カタリーナのことすごく気に入ってるみたい」邪悪な地獄の申し子が答えた。

「あの人をキュートだって思うなら、話しかければいいじゃない」わたしはそう言った。

アラベラは目を見開いてこちらを見た。「カタリーナが名前を言ったら、彼、〝知ってる〟って答えたんだよ」

フリーダおばあちゃんとレオンがはやしたてた。

頬が熱くなる。頬が熱くなっている自分が情けない。

「これは行くべきね」おばあちゃんが言った。

もう耐えられない。「ママ」

「あのハンサムなイタリア人青年はどうなったの?」おばあちゃんがきいた。

「カタリーナが追い払った」レオンが答えた。「敷地から出ないと警察を呼ぶってね」

〝警察〟と言うとき、レオンは口に砂利でも詰まっているようなうめき声をあげた。

まるでわたしがいないみたいに話が進んでいる。「ママ!」

「カタリーナの邪魔をしないで。仕事中なんだから」

「ここは一つ試してみるべきじゃない?」フリーダおばあちゃんが言った。「魔力のコントロールも上手になってきたんだし」

「そうだよ」レオンが口を出した。「もしうまくいかなかったら、ぼくがいつでもそいつを撃ってやるし、死体だってうまく隠すからさ」

わたしはタブレットと書類を持って自室に向かった。

わたしはイケルとエヴァの部屋ではしごの横に立ち、リベラが煙探知機に小さな監視カメラを取り付けるのを見守っていた。リベラはローガンの右腕の一人だ。ふだんは髭を剃り、髪も清潔感があるけれど、今日は薄汚れた野球帽の下にウィッグをつけ、顎には無精髭を伸ばしている。笑ってしまいそうな外見だ。

ゲストはカップルごとにスイートが割り当てられていて、監視カメラを取り付けているのはリビングルームだ。外では、ローガンの調査担当の一人、シモーンが茂みにハミングバードカメラを設置していた。

「カタリーナ」うしろからシャビエルの声がした。

跳び上がりそうになったのを我慢して、振り向く。シャビエルはドア枠にさりげなくもたれて立っていた。そう、ここは彼の部屋でもある。

「どうも」なんとかそう答える。

「やあ」

この屋敷まで来る間、シャビエルに会ったらどうしようかとずっと考えていた。アラベラには彼と話をすると約束した。残念ながらわたしは他人に、それも同年代の人に話しかけるのが苦手だ。でも、彼に話しかけると決めた。シャビエルがキュートでわたしと話したがっているらしい、というのもその理由だけど、それ以上に、彼自身が手がかりになる可能性がある。シャビエルは十代で、ローガンの親族の一人だ。大人は認めないかもしれないけど、基本的にわたしたちを子どもだと思っている。だから目の前でぽろりと大事な話を口に出すことも多い。

シャビエルも仕事の一部だと考えると気が楽になった。ただ、魔力を使わずにわたしに好意を持たせないといけない。

「何か必要なものでもあった？　工事はもうすぐおしまいよ」

「ないけど、窓の外からきみが見えたから、なんでぼくたちのスイートにいるんだろうと思ったんだ。何してるの？」

まるで下着の引き出しを探られたんじゃないかと疑ってるような言い方だ。リベラがうんざりした顔をした。

「煙探知機を全部チェックし直して、バッテリーを交換してるの」これは嘘だ。

「どうして？」

「ミセス・ローガンが心配してるのよ。火事になって逃げられない人がいると困るって」

「この棟の部屋は全部、庭に面した両開きの扉がついてる。ちょっと考えすぎじゃないか？　閉じ込められる危険はなさそうだし、ほとんどがテレキネシスだし」

シャビエルはまるで〝大人は理不尽で頭が古い〟と主張する集団のイメージキャラクターみたいだった。わたしにもそういう時期があった。十二歳の頃だけど。「そうね、でもミセス・ローガンは心配性だから、やらないわけにはいかないの。わかるでしょ？」と言って肩をすくめる。「年をとるとそうなるのよ」

シャビエルはにやりとしてリベラに目をやり、またこちらを見た。「ここに立ち会ってなきゃいけない？　それともちょっときみを借りてもいいかな？　手伝ってほしいことがあるんだ」

リベラの目に危険な光が浮かんだ。シャビエルがこれ以上質問したり、リベラに懲らしめられるようなことを言ったりする前に、ここから連れ出さないといけない。

「ここ、お願いできますか？」

「わかりました」リベラが答えた。

「終わったら教えてください」そう言ってシャビエルのほうを向く。「大丈夫よ」

シャビエルと二人で廊下に出た。彼は左に曲がり、長い廊下を通って屋敷の北端まで行くと、両開きの扉を開けて庭の反対側に出た。扉の外には砕いた御影石が敷き詰められた小道が右へと続いていて、果樹園を抜けた先には丘の北東側にあたる崖がある。

歩き出したシャビエルは優雅にくるりと振り向き、こちらにほほえみかけた。本当にハンサムだ。アレッサンドロ・サグレドに負けないぐらいだけど、タイプが違う。シャビエルは、私立の寄宿学校にいるリッチなティーンエイジャーの悩みを描いたドラマの主人公にぴったりだ。洗練されているけど、どこか投げやりな雰囲気がある。アレッサンドロは羽根飾りのついた帽子と剣が似合う。

シャビエルはキュートだけど、わたしはアレッサンドロが本当に好きだった。写真を見て一目で好きになった。あのときは頭が空っぽになり、しばらく写真を見つめていた。まるで脳が黙ってしまったみたいに。そんなことはこれまでなかった。そして本人と会って、絶対に無理だとわかった。

「手伝うって、なんのこと?」

「退屈すぎるから助けてほしい。これまで会ったうちでいちばんおもしろそうな人がきみだ。楽しいことをしようよ。きみならできるだろう?」

「仕事があるんだけど」この人は自分が何を言っているかわかっていない。もしわたしが〝楽しいこと〟をしたら、二人ともただではすまなくなる。

「ほんの少しだけ仕事をしなくても、どうなるわけでもないよ」彼は肩をすくめた。

「屋敷が崩壊する？　アローサにクビにされる？　きみをクビにはできないよ――花嫁の妹なんだし。ねえ、せめて散歩ぐらい付き合ってよ。ぼくより仕事のほうがそんなにいい？」

いいえ、仕事のほうがいいわけじゃなくて、あなた自体が仕事。情報源になりそうだから調べないといけない。これって相手を利用していることになる？

「ちょっと待って」タブレットのチャットウインドウを開き、リベラに短いメッセージを送る。

〈シャビエルのスイートのカメラは設置場所を変えて〉

ローガンのファイルによるとシャビエルは〝一流〟下位とある。それなりの動機があれば、シャビエルは魔力を使って三メートル半以上ある高さの天井から煙探知機を取り外し、中を調べることもできる。カメラを見つけられる危険を冒すわけにはいかない。

タブレットから着信音がした。

〈了解〉

「お待たせ」そう言って小道の階段を下り始める。「これで仕事はお休み。でも二時までね」

「二時に予定でも?」

「妹がミセス・ローガンにケータリングメニューのプレゼンをするから、その応援に」アラベラに応援は必要ない。ふだんは妹のほうが応援部隊で、陸からも空からも支援してくれる。でもネバダには、常に出口戦略を持つようにと教えられた。わたしはさも楽しそうにシャビエルにほほえんだ。「案内して」

二人で小道を散歩し始めた。

「あいつが何か盗まないか心配なんだ?」

えっ? 「いえ、雇った人は全員調査済みよ」

「きみが雇ったの?」シャビエルがさりげなく言った。

「そう。というか、アラベラと二人でね。経歴、雇用記録、逮捕歴、経済状態は徹底的にチェックした。今敷地にいるスタッフは全員紹介状のある人ばかりよ」

一瞬シャビエルののんきそうな仮面がはずれ、彼はじっとこちらを見つめた。「そんなやり方、どこで覚えたの?」

「仕事よ。うちは探偵事務所だから」

「ああ、知ってる。でも事業を所有してるんだと思ってた。つまり、きみもぼくと同じような立場だと思ったんだ。どうして働かされてるんだ？　もしかして……貧乏なのか？」シャビエルは恥ずべき汚らしいものでも指すように言った。

わたしはため息を噛み殺した。これはシャビエルのせいじゃない。違う価値観で育ってきただけだ。どちらが上とか下とかいうことではなく、ただ違うだけだ。

「働かされてるわけじゃなくて、好きでやってるの。うちの家族はみんな事務所のために働いてるのよ。祖母は自分の仕事を持っているけど、わたしたちのために遅くまで働くこともある。この仕事が人助けになることもあって、おもしろいの。それに、母にお金をせがむ必要もないわ。給料をもらえて誰にも指図されずに生きていけるの。あなたはどう？」

「うちは金に困ったことはないな。ほしいものがあったり、何か買いたいとかってときに小遣いが足りなければ、母さんに言うし」

「お小遣いのために何かしてるの？」

「えっ？」

「いい成績をとるとか、雑用をするとか。家のことは手伝ってる？　芝生の手入れは？」わたしは彼にウインクした。

「からかってるんだね」少し傷ついた声で彼は言った。

「少しね。でもまじめな話、あなたの家族はどう思ってるの？　ローガンは軍との契約でテレキネシスの能力者を使うことはよくあるって言ってる。ご両親は、あなたが家業のために力を使うことを望んでる？　それとも大学へ行けってうるさく言われる？」

シャビエルは肩をすくめた。「気にしてないみたいだ。母さんは大学の話をするけど義務でそう言ってるだけだし。父さんは一族の投資から金を得てる。二人が仕事をしてるところは見たことがないな。一日中やるような仕事のことだけどね。二人とも仕事があれば、家から出てくれるのに」

中学生のとき、高校に行くのが死ぬほど怖かった。それまでは自宅学習だったから。そこでいろいろ調べたときに、カーネギーの『人を動かす』という本と出会った。わたしはこの本で二つのことを学んだ。人は自分のことを話すのが好きだということ、そして同意すると喜ぶということだ。

「ご両親は過保護なのね？　過保護な大人って頭にくる」

「そうなんだよ」シャビエルは指をぱちんと鳴らした。「いつも見張ってる。本当はどうでもいいのに、ぼくにつきまとう。ぼくに注目するのは、家族の退屈なイベントに引きずっていくためなんだ」

「結婚式に来たくなかったの?」わたしはわざと目を見開いて驚いたふりをした。

「そうじゃなくて、家を独り占めしたかったんだ」

「ああ、そういうこと。正直言ってここは居心地がよくないんだけど、わたしってモナコプシスを感じやすいタイプだから」

「なんだって?」

「モナコプシス。今いる場所になじめないっていう感覚がしつこく続いて、自分がここにいるべき人間じゃないと感じること。この家はわたしの手にあまるの。大きすぎるし部屋が多すぎる。わたしはお金持ちの家に生まれたわけじゃないから」

「うちは金はあるけど、居心地はよくないな」その目が輝いた。ジェットコースターに乗るときみたいに顔が生き生きしている。「でも、ここには富がある。富そのものだ。ローガンの資産が十二億七千万ドルだって知ってる? それに、婚前契約を結ばないらしいから、きみのお姉さんは半分受け取ることになるんだ。ローガンが死んだら全額」

急にいやな話になった。

シャビエルはにっこりした。「媚《こ》びておいたほうがいいよな」

ウエディングドレスはネバダが負担したと言おうかと思ったけど、シャビエルにはわからないだろう。

「その通りね。行儀よくしないと」

ここまでの会話では、シャビエルは全然魅力的に思えない。わたしと話すのが落ち着かないのか、感心させようとがんばっているのかわからないけど、うまくいっていない。わたしにも経験があるからわかる。

「お姉さんが〝超一流〟の尋問者って本当？」

「ええ」わたしとアラベラと違い、ネバダの魔力は公開されている。わたしとアラベラも〝超一流〟として登録されているけれど、記録は封印されたままだ。

「じゃあ、お姉さんには嘘をつけないんだ。絶対ばれる？」

「嘘はつけるけど、見抜かれるわ」ちょうどいいタイミングだ。「あなたの家族は、ネバダがローガンと結婚することに不安を抱いてる？　尋問者を歓迎する一族は多くないから」

「みんなびびってる」シャビエルはにやりとした。「お姉さんが部屋に入ってくると誰もが口をつぐむ。アネおばあちゃんはお姉さんを見ると顔が青ざめるし、ミケルは逃げ出す。おもしろいよ」

シャビエルはわたしの質問を避けた。

小道はやがて屋敷の前に来た。同年代の女の子が二人、噴水のそばで話している。一人は長身の金髪、一人は黒っぽい髪の曲線美。そこにもう一人、白い服を着て三つ編みの茶色の髪を左肩に垂らした子が、噴水の端に座って携帯電話をいじっていた。長身の金髪はグラシアの長女のアドリアナだ。黒っぽい髪の女の子は、ルシアンとフネ夫婦の娘、サマンタかマリーナのどちらか。あの姉妹はそっくりでわたしには見分けがつかない。携帯電話をいじっている女の子はミケルとマリア夫婦の娘。母親と同じく、エルバも白い服にゴールドのアクセサリーをつけている。

アドリアナとサマンタが手を振った――たぶんあれは七十五パーセントの確率でサマンタのはず。わたしに気づいたアドリアナの目が警戒するように細くなった。サマンタは不快そうな様子だ。

「使用人と話しちゃいけないって知らないの?」エルバが携帯電話から目を上げずに言った。

へえ、いきなり嫌味ってわけ。わたしはにっこりした。

「おまえの親父《おやじ》は知らないみたいだな」シャビエルが言い返した。「何人の使用人を金で追い払ってるんだ――三人? 四人? もう誰も覚えられないぐらいだろ」

「ケ・テ・フォユン・ペス」エルバが毒づいた。

〝地獄に落ちろ〟？　変わった言い回しだ。この人たちのスペイン語はテキサスで聞き慣れているスペイン語と違うけど、意味自体はわかる。

シャビエルがわたしの肩に腕をまわしたので、その脇腹に肘をねじ込みそうになった。触られるのは好きじゃない。とくに知らない相手には。シャビエルはわたしを守ろうとしたんだろうけど、それでもいやだった。

「あいつのことは気にするな」シャビエルが言った。

わたしたちは庭を通って西棟に戻った。タブレットが鳴った。目をやると、監視カメラ映像が見えるようになっていた。

「もう行かなきゃ」

「えっ？」シャビエルは少し身をかがめてわたしの顔をのぞき込んだ。「本当に？」

「ええ」

「楽しかったよ」本気で言っているように思えた。きっと本気なんだろう。

じつを言うと、わたしもまあまあ楽しかった。シャビエルの発言には怪しいところもあったけれど、わたしとまともな会話をしようとした。これはそうあることじゃない。それに、エルバからわたしを守ろうとした。わたしに助けは必要ないけど、ちょっとぐっときた。それから、アネとミケルは何か隠していることを教えてくれた。

「わたしも楽しかった」

「じゃあまた話そうよ。いいって言ってくれるね、カタリーナ?」

わたしの名前を口にした。「いいわ。また話しましょう」

屋敷に戻り、スイートの向かいにある会議室の一つに入ってカメラの映像を順番にチェックする。スイートの監視カメラは全部ちゃんと動いている。外のハミングバードカメラに切り替えた。一、二、三、四……九台? 六台だったはずなのに。七番目のカメラ映像を出すと、屋敷の西側のすぐ外にある椅子のエリアが映し出された。八番目のカメラが監視するのは、わたしとシャビエルが出てきた東側の小道。九番目は噴水のてっぺん。バーンが監視エリアを広げようとしたに違いない。

シャビエルがはとこたちのほうに歩いていく。

携帯電話が鳴った。知っている番号だ。〈ヴァレンティーナズ・ハウス・ケータリング〉。ああ、まずい。やめて。メニューの担当はアラベラだ。でもこっちに連絡が来たということは、問題発生を意味する。

電話に出る。「カタリーナ・ベイラーです」

ヴァレンティーナの声が耳に響いた。「ちょっと困ったことが起きたんです。店に侵入者があって」

最悪。

「すぐ行きます」

5

〈ヴァレンティーナズ・ハウス・ケータリング〉は、テキサスの真ん中に位置するドイツ色の濃い町ニューブラウンフェルズにある。オースティンとかサンアントニオの大手のケータリング会社とも話をしたけれど、ミセス・ローガンが〈ヴァレンティーナズ〉なら信頼できると言ったのでそこにした。

古いれんが造りの建物の前に車を停める。レオンが助手席から外に出た。アラベラはまだ学校だし、そのうえ今日は一夜漬けで二千ワードのレポートを仕上げないといけないらしい。一カ月前に出た宿題だけど、始めたのは今朝だ。今回のミッションのバディとなったレオンは興奮していた。

「ケーキショップか」レオンが言った。

「そう」

レオンは長いため息をついた。「ほんとにぼくだけで平気？　ああいう場所って油断できないよ。店に足を踏み入れたとたん、どっかのガンマンが〝知らない顔だな、相棒〟って言ってくるんだ。気がついたら通りの真ん中に立ってて、馬は死んでるし、恋人は悪者に髪を引っつかまれてるし、弾は残り一発になってる」

「頭の中どうなってるの？」

「そこは闇に包まれた無法地帯なんだ、カタリーナ。真っ暗だよ」

わたしはうんざりした。「小さなレストランとベーカリーよ。売り上げの大半はケータリングだけど、二ブロック先に小さなカップケーキの店を持ってる。オーナー以外にフルタイムの従業員が四人いて、大きなイベントがあるときは接客スタッフを雇ってる」

「うちが雇ってる店が人を雇ってるってこと？　接客スタッフを選ぶのは？」

「今回はうちで接客スタッフを雇ったの」ローガンがほぼ無制限の予算をくれたおかげで、わたしはしっかりした紹介状を持っているウエイターを選んでいた。「ミセス・ローガンがここなら頼んでもいいって言った唯一の店だから、安全確保のための手は打ってある。ローガンの部下が高性能センサーとセキュリティシステムを入れてくれたの」

「侵入者があったって今朝言ってなかった？」レオンは建物を眺めた。

「そうね」

「その高性能センサーを作動させてなかったってこと？」

「確認しましょう」

建物の中のほとんどは広い厨房《ちゅうぼう》だった。金属製の長い調理台が二列並んでいる。左の壁際には業務用サイズの冷蔵庫が二つ。大きなシンクが三つ、食洗機、複数のオーブン。その隣にある扉の中は狭い部屋になっていて、同じぐらいの大きさの冷凍庫が二つある。エントランスの真正面にある扉の先は広い食料庫だ。室内には右手の壁に並ぶ窓から自然光が降り注いでいる。清潔で整理整頓の行き届いた空間だ。空気はかすかに酸化したワインの匂いがした。

中に入っていくと、ヴァレンティーナが跳び上がるように椅子から立った。三十代なかばの白人女性で短い金髪に派手な紫の筋が入っている。眼鏡が鼻からずり落ちるせいで、しょっちゅう押し上げている。頬はまだらに赤くなっていた。ストレスを感じているのは明らかで、今にも泣き出しそうだ。右腕のカルロスが両手を腰に当てて彼女のそばに立っていた。五十代のがっしりした男性で、髪は黒く肌は日に焼けている。

「昨日の夜、侵入者があったんです。黒っぽいパーカーを着た三人組で」ヴァレンテイーナが言った。

レオンが右手前の窓のほうにうなずいてみせた。下枠に指紋検出用の灰色の粉末がついている。「入られたのはここから？」

「そうだ」カルロスが答えた。「厨房の空気を入れ換えるために、よく開けてるもんで」

「アラームは鳴りませんでした？」そうたずねる。

ヴァレンティーナとカルロスは、穴があったら入りたいという顔をした。

「あの窓のワイヤレスセンサーは、気まぐれに鳴ることが多くてね」カルロスが答えた。

「センサーが誤作動してるってどうして教えてくれなかったんですか？」

「小さな窓だし、たいしたことじゃないと思ったんです。センサーはいつも切ってました。そうしないと真夜中に鳴り出すから」ヴァレンティーナが言った。

「ガキどもめ」カルロスの顔が赤黒くなった。「こっちが鍵を閉め忘れてるのに勘づいて、窓から忍び込んだんだ。ハドソンのばか野郎に決まってる。仲間といっしょにいつも道の向こうの公園にいすわって、悪だくみばかり考えてる。一日中ビール漬けで、トラブルの種を探してるのさ。おれがあの年の頃にはもう働いてたし、責任ってものを――」

近頃の子どもたちへの説教が熱くなる前に割り込んだ。「盗まれたものは？」

ヴァレンティーナは顔をしかめた。「シャンパンを一ケース。重いから、それだけ運ぶので精いっぱいだったんでしょう。あとは割られました」

「一本二百二十ドルを二百五十本だ」カルロスが吐き捨てるように言った。

五万ドル相当のシャンパンが消えた。

「ひどいな、最低だ」レオンが同情するように言った。

ヴァレンティーナは今にも吐きそうだ。

「防犯カメラ映像は？」そうたずねる。

一分後、黒っぽいパーカーを着て顔にバンダナを巻いた三人が、冷蔵庫で見つけたホイップクリームを防犯カメラに吹きつける映像を確認した。

「ふだんは缶詰のホイップクリームは使わないんですが」ヴァレンティーナが言った。「独身お別れパーティ《バチェロレッテ》に使いたいからとリクエストしてきたクライアントがいたんです。うちから頼んだわけじゃなくて」

画面からシャンパンボトルが割れる音が聞こえた。レオンのほうを見ると、レオンはうなずいた。

録画映像を戻す。「いいですか、侵入者は窓から入ってまっすぐ冷蔵庫に向かっています。窓が施錠されてないことも、センサーが切ってあることも知っていたし、ホイップクリームのある場所も把握していた」

「何が言いたい？」カルロスが目をむいた。「ここで働いてるのは知ってる奴ばかりだ。人柄は保証できる」

人はリスクに直面しても見えないふりをする。自動車事故で毎年大勢の人が死んでいても、毎日車に乗り、運転する。安全という幻想で自分を包み、信じ込まないと、頭がおかしくなってしまうから。

家というのもそういう強い幻想のひとつだ。避難所であり、警戒心を解くことができる場所。家にいれば自分の身に悪いことが起きるはずがない。うちの倉庫が傭兵《ようへい》たちに襲撃されたとき、わたしは世界が壊れたような気がした。無力で頼りないと思えた。

今、ヴァレンティーナとカルロスも無力感にとらわれている。経済的な損失も大きいけれど、自分たちの厨房を荒らされたことのほうがつらいのかもしれない。ここは小さな店だ。従業員は雇い人というより家族に近いだろう。この厨房で長い時間をいっしょに過ごし、おいしい料理や美しいケーキを作っている。何者かがそんなしあわせな思い出を打ち砕いたのだ。仲間のしわざかもしれないなんて、やりきれないに違いない。

「残ってるボトルは?」レオンがきいた。

ヴァレンティーナがカウンターの下に手を伸ばし、重いボトルを一本取り出した。レオンはそのボトルネックを持ち、壁にたたきつけた。ボトルは割れなかった。

「おい!」カルロスが怒鳴った。

片手を上げ、止める。「あとで弁償します」

レオンがもう二回壁にぶつけると、ようやくボトルが割れた。

少し息を荒くしながらレオンはボトルをこちらに差し出した。「こういうのが二百五十本?」

わたしはヴァレンティーナのほうを向いた。「シャンパンを盗もうと忍び込んだ子どもたちなら、二、三本持って逃げればいいはずですが、割ろうと思ったら時間も力も必要になる。問題は、なぜそんなことをしたかです」

「そう、どうしてこんなことをしたのかわかりません」ヴァレンティーナが言った。

「考えられる理由は二つ。一つは、自分たちの音をごまかすため。もう一つはあなた方の目をなくなったシャンパンに向けさせるためです。うちとの契約では、問題が発生した場合はすぐに連絡すると決められていたはずですが、なぜそうしなかったんですか？」

「警察に通報した」カルロスが答えた。

「その場にいないとわからないでしょうね」ヴァレンティーナの顔が真っ赤になった。

「中に入ったとたん、床はガラスの山でした。そこらじゅうシャンパンだらけで、匂いもすごくて……」

ヴァレンティーナは一刻も早く片付けたいと思った。自分たちの美しい厨房を冒涜《ぼうとく》されたのだから。

「目くらましだ」レオンが床に散らばったガラス片を見てうなずいてみせた。「壊れたボトル、ガラス、床にぶちまけられた高価なシャンパン、匂い。そこらじゅう汚れてべたべただ。そんな惨状を目の当たりにして、ほかに何も壊れてなければ、当然片付けに集中しちゃうよね」

ヴァレンティーナとカルロスを見ながら、わたしは心の中でこの二人をぎゅっと小さく押しつぶしてしまおうとした。絶望して心に傷を負った二人に、今から辛辣で思いやりのない言葉をかけなければいけない。自分がひどく意地悪に思える。でもこれは仕事で、やり遂げると約束したことだ。

「契約違反です。これはローガン一族との契約で、一般的なルールはあてはまりません。契約書を交わしたときにはっきり伝えています。妹とわたしはこのテーブルに座って、契約書を隅から隅まで読み上げ、あなたは理解してサインしました。まず、あなたはセンサーをセットしていない」

カルロスが肺いっぱいに息を吸い込み、何か言おうとしたけど、ヴァレンティーナがその腕に手をかけた。

「さらに、侵入者の報告を怠った。命に関わる緊急事態でないかぎり、問題が発生したときは法執行機関の前にわたしたちに連絡すると、契約書にはっきり書いてあります。最後に、あなたは現場を掃除して証拠を隠滅した」

誰も何も言わなかった。

ヴァレンティーナは唇を噛んだ。「もし今全部キャンセルされたら、うちはおしまいです」

ヴァレンティーナの考えが手に取るようにわかった。この先を見すえ、事業の死を想像している。その生死を決めるのがわたしだった。こんなにもテレポートしたいと思ったのは生まれて初めてだ。できるならここから逃げ出して、何もなかったふりをしたい。

「これを解決するためにわたしたちができることはありませんか?」ヴァレンティーナが言った。

「場合によりますね。そちらのコンピューターにアクセスさせてもらえれば、その結果しだいでもっとはっきりしたことが言えると思います。でも、契約上は強制的にアクセスすることはできません。あなたは拒否することもできます」

「もし拒否したら?」カルロスがたずねた。

両手を上げて言う。「手を引きます」

「どうぞ」ヴァレンティーナは小さな机の脇にあるデスクトップコンピューターのほうに手を振った。

携帯電話の録音機能をオンにする。「カタリーナ・ベイラー。四月二十日。同席者は〈ヴァレンティーナズ・ハウス・ケータリング〉のヴァレンティーナ・クルーガー。業務用のコンピューターにアクセスしてもいいですね?」

「はい」

「ありがとう」

レオンがデスクトップに向かった。その指がキーボードの上を舞う。「ここを出る前に電源落としました?」

「ええ」ヴァレンティーナは答えた。わたしたちにバットで殴られるのを覚悟している口調だ。「毎晩ここを出る前に電源を切ります」

「最後に使ってたデータは？」レオンがたずねた。

「鮮魚店のリストです」

「おっと、侵入があった時間に誰かが電源を入れて、ローガンのケーキのファイルにアクセスしてる」

これはまずい。わたしはヴァレンティーナとカルロスのほうを向いた。「携帯電話を預からせてもらえますか？　ロックしたままで大丈夫。あそこの調理台に置いておくので、返すまで触らないでください」

「まさか」ヴァレンティーナが目を丸くした。「ケーキに手出しするなんて。でもケーキはまだ組み立ててないんです。昨日スポンジを作り始めたばかりで」

「携帯電話を出して」レオンの口調は事務的だったけれど、逆らうとまずいことになると思わせる言い方だった。

二つの携帯電話が金属製の調理台の上に並んだ。

「食料庫に行って、在庫を確認してください。何も触らないで。もし違和感のあるものがあったり、動かされたり、ふたがずれていたりするものがあったら、すぐ知らせてください。食料庫の扉は、こちらから見えるように開けておいて」

二人の職人は食料庫に入った。わたしはローガンに連絡した。彼は二度目の呼び出し音で出た。「もしもし？」

「誰かがウエディングケーキに毒を盛ったみたいなの。どう捜査を進めればいい？」


三十分後、ミセス・ローガンの屋敷を担当するローガンの部隊が装甲車二台で到着した。ニューブラウンフェルズは〈マウンテン・ローズ〉からほんの三十分だけど、待っている時間は永遠に思えた。その間、わたしは誰がネバダのケーキに毒を盛ろうとしたのか推理していた。テキサスで権力を握ろうと企んだ名のある有力一族たちの陰謀を阻止したせいで、ローガンとネバダには大勢の敵ができた。その敵の大半は死んだか刑務所にいる。

〝超一流〟が復讐《ふくしゆう》相手を殺すとき、その事実を全世界に見せつけようとする。人の手は借りない。相手の目を見つめながら、みずからの魔力で息の根を止める。毒物を使うのはありきたりだ。それにうちは新興の一族だから、今後三年間はどの〝超一流〟たちも法的に手を出せないはずだ。

それに、結婚式には〝超一流〟の参列者も多い。招待客リストはヘラルドの有名人リストと同じといっていいぐらいだ。ケーキに毒を盛った者は、ヒューストンの魔力エリートの誰かを殺すことになる。そんなことをしたら、もう逃げ場所はない。政治的、経済的な動機とは考えにくい。これは憎しみだ。自分の身の安全さえどうでもよくなるような、理性を超えたすさまじい憎しみ。

わたしは容疑者のリストを作った。頭の中に、一つの名前が何度も浮かぶ。ローガンを憎んでいる者。嫉妬と憎しみのあまり、自暴自棄になっている者。

最初に入ってきたのはリベラだった。そのうしろから、ローガンの部下の多くが着ているのと同じゆったりした迷彩服を着た女性が入ってきた。ベースボールキャップを目深にかぶっている。ほかのクルーはベーカリーの中と外に散らばり、現場を保全した。

女性がキャップを取った。わたしと同年代で、赤毛と輝くような白い肌の持ち主だ。わたしの片方の祖父は黒人だけど、もう片方の祖父のことはよくわからない。祖母は二人とも白人で、いろんな遺伝子が混ざった結果、わたしは浅黒い肌とダークブラウンの髪を持つことになった。友だちはほとんどみんなわたしより色白だけど、この人の肌の白さは別格だ。太陽がなんなのか知らないのかもしれない。よくテキサスで生きていられるものだと思う。

「エッターソン一族のルナ・エッターソン。毒使いよ」彼女はそう言って片手を差し出した。

ルナは毒使いだ。その彼女が笑顔で手を差し出している。たぶん、息を吹きかけただけでわたしを毒殺できるはずだ。

「ベイラー一族のカタリーナ・ベイラー」わたしたちは握手した。

ルナがにやっと笑った。「今ちょっとためらったでしょ。心配しないで、知らない人を毒殺するのは火曜だけだから」

「今日、火曜だよ」レオンが言った。

「しまった、でも大丈夫。名前を教えてくれたから、知らない人じゃない。安全よ」

そしてレオンのほうを向いた。「でもあなたのことは知らないから、約束できない」

「いとこのレオンよ」

「よろしく、いとこのレオン。で、毒入りとおぼしきものはどこ？」

わたしはルナを冷蔵庫の前に連れていって、ドアを開けた。色とりどりのアイシングやフォンダンが入った容器が棚にぎっしり並んでいる。ルナは両手をこすり合わせた。

「みんな、ぼーっとしてないで。スプーンを持ってきて、やるべきことをやって」

誰も何も言わず、動かなかった。

「えっ？　どういう仕組みだと思ったの？　わたしが鼻を動かして毒を嗅ぎつけるとでも？　ありえない。わたしは、誰かが食べてみて死んだら〝毒入りです〟って言う役なんだけど」

リベラがため息をついた。「あの、まじめにやってください。ローガン一族とエッターソン一族の間の取り決めでは――」

「はいはい、わかってますって。この二週間、結婚式で誰かに毒が盛られるのを警備室でずっと待ってたんだから、ちょっと楽しんだっていいじゃない」

ルナが両手を上げた。その体からかすかな緑色の霧が広がり、冷蔵庫の中に漂っていって消えた。ルナは冷蔵庫に近づいて真っ白なフォンダンが入った容器を取り出した。ふたを開けて指でつまみ、口に入れる。

「うーん、風味豊かな青酸カリね。昔ながらの毒。みーんな組織中毒性低酸素症で死ぬ。待って」そう言って片手を上げる。「この生臭い後味は何？」ルナはもう少しフォンダンを食べて、唇でぱっと音をたてた。「なんだっけこれ。ああ、テトロドトキシンだ。なんてずる賢いの。青酸カリをのめば数分で死ぬけど、もし解毒剤にありつけたとしても、結局はテトロドトキシンでとどめを刺される」ルナは両手を差し出して言った。「ここにあるフォンダンは全部毒入りよ。もし犯人がしあわせな新郎新婦だけを殺そうとしたなら、タリウムを使う手もあった。無味無臭で致死性が高いけど、効果が出るまで数日かかるの。でも、この犯人のやり口は、ハンマーで新郎新婦の頭をたたき割るぐらい手荒よ。コナーとネバダに個人的な深い恨みを抱く人物のしわざで、二人が苦しんで死ぬのを見たいと思ってる。きっと参列者かそれに近い誰かよ。身の危険を冒してでも、自分の手で苦痛を与えてそれを見たいと思ってるし、そのときを心待ちにしてる。悪魔みたいにほくそ笑む顔が見えるわ」

その言葉は、わたしが推理していた方向と一致していた。タブレットに容疑者の画像を表示し、リベラとレオンに見せる。リベラの目が鋭くなった。

「筋が通ってる」彼はそう言った。

レオンの口元に恐ろしい笑みが浮かんだ。「こいつだといいな。本当に」

「フォンダンを作ったのは？」そうたずねる。

「ジェレミーだ」カルロスが答えた。「だがあいつはいい子だよ。そんなことをするわけがない」

リベラが携帯電話で言った。「バグ、ジェレミー・ワグナーについてあらゆる情報がほしい。支払い、債務記録、ローガン家、ベイラー家とのつながりがあるかどうか。

ヴァレンティーナとの契約が決まってから、どこにいたか、何をしていたかも知りたい。探り出せることを洗いざらい知らせてくれ」

従業員の経歴チェックは一度すませている。ジェレミー・ワグナーの経歴は問題なかった。つまりわたしたちの能力が不十分だったか、ジェレミーがうまく隠していたかのどちらかだ。この数日のジェレミーの足取りをたどろうとすれば、バグの能力でも時間がかかる。でもそんな余裕はない。今この瞬間も、ミセス・ローガンが子どもたちに毒入りレモネードを配っているかもしれないのだから。

魔力を使うしかない。そう思うと、まるで毒を盛られたみたいに体がべたついて冷たくなり、気持ち悪くなった。最悪の気分。心臓がばくばくしている。ここ以外のどこでもいいから、一人になれる静かな場所に行きたい。これが誰かほかの人の問題であってほしい。

犯人はネバダとローガン、そしてミセス・ローガンを毒殺しようとした。その友人、親戚、子どもたちまで。きらきらしたユニコーンを持つミア・ローサも。それほどまでの憎しみを抱く人は一人しか知らない。

「ジェレミーと話すわ」

リベラが驚いた。レオンは顔をしかめた。「ほんとに？」

「ええ」

「本当のターゲットはジェレミーを雇った奴だ」リベラが言った。

「それはわかってる。身辺を調査するのは時間がかかるし、何も出てこないかもしれない。最短でベストの結果を出すにはどうすればいいか考えれば、答えは簡単よ。わたしがたずねれば彼は答える」

リベラがゆっくりと慎重に言った。「もしウエディングケーキに細工して誰かを毒殺しようとするなら、細工がばれていないかベーカリーを見張るだろう。ジェレミーを尋問するなら極秘でやるしかない。ケーキの件がばれたと犯人が勘づいたら、毒を仕込み直そうとするはずだ。そうなると次は発見が間に合わないかもしれない。バグに頼んでジェレミーの雇い主を見つけるほうが簡単で、リスクも少ない」

「バグが何も見つけられなかったら？」レオンがたずねた。

いとこは何があろうとわたしの味方だ。

「そのときはジェレミーを締め上げる」リベラが答えた。

「わたしなら、ジェレミーを調べてもそれを忘れさせることができるわ」

レオンの眉がぴくっと上がった。

「本当に？」リベラがきいた。

自信はないけど、避けて通れない道なのはわかってる。成功させなければいけない。ネバダの命がかかっているのだから。

「ええ。不法侵入があったんだから、従業員に話を聞くのは自然な流れよ」

「カタリーナができるって言うならできるに決まってる」と、レオン。

「わかった」リベラが答えた。

ヴァレンティーナのほうを向いた。「従業員を集めてください。泥棒が入った件で全員に話を聞きたいから、と。それまでにすべてのフォンダンをまったく同じものに入れ替えてもらえますか？　もしジェレミーが共犯なら、毒入りのフォンダンの味見をしようとはしないはず。中身が入れ替わっているとは思いませんからね」

「コホン」ルナが咳払いした。「わたしがフォンダンを解毒すれば、入れ替えも廃棄も不要よ」

「それ、安全なんですか？」ヴァレンティーナがたずねた。

ルナの顔から笑いが消えた。その表情が冷たく、険しくなった。「もう一度自己紹介すると、わたしはエッターソン一族のルナ・エッターソン。〝超一流〟の毒使いよ。サリンまみれの家の中に入ったことがあるけど、解毒が終わったあと、上階の安全室に隠れていた一家がキッチンでコーヒーを淹れてくれたわ。マッド・ローガンはいちばん大事な人たちの安全をわが一族に託してくれた。わたしがフォンダンは安全だと言えば、それは食べて大丈夫ってことよ。さあ、下がって」

ルナはチョークを取り出し、床に魔法陣を描き始めた。

6

わたしは建物の反対側にある小さなオフィスに座っていた。この部屋はふだんクライアントとの打ち合わせやメニューやケーキのレシピ本の確認に使われている。今日もケーキの話題は出るけれど、そのフレーバーはかなり違うものになるだろう。

リベラはセキュリティチーフとしての責任を重く受け止めていて、二人の部下といっしょにわたしのうしろから動こうとしない。ルナはジェレミーがわたしを毒殺しようとしたときに備え、椅子に座ってきれいなケーキが並ぶフォトアルバムをめくっている。

隣でテーブルにもたれていたレオンが小声できいた。「平気？」

「ええ」今回は魔力を繊細に使わなければいけない。これまで数回自分から進んで力を使ったときは、強さが必要だった。繊細さは強さとは正反対だ。

わたしが生まれたとき、看護師が母のそばに置かれたベビーベッドからわたしを抱き上げて逃げた。彼女はそのフロアを出る前に捕まったけど、わたしを取り上げられると泣き叫んだ。二十年のキャリアでそんなことをしたのは初めてだったという。わたしが人に愛される魔力を持っていたせいで、彼女は職を失った。

それが最初だけど、最後ではなかった。それ以降、何人も現れた。わたしの歯を診察した歯科医は、わたしが逃げたと言い張ってオフィスに隠そうとした。二歳のときのことだ。幼稚園の先生はわたしを車に押し込み、それを止めようとした母を轢き殺そうとした。買い物に行くと、カートにのせられたわたしのあとを知らない人がついてきたし、店の人はただで物をくれようとした。

赤ちゃんや幼い子は天真爛漫《らんまん》でいるのが好まれる。わたしは逆に、人目を引くな、知らない人に笑顔を見せるな、友だちを作るなと教え込まれた。ほかの子を好きになると、その子は何もかも放り出してわたしと遊ぼうとする。でもすぐに遊ぶだけでは足りなくなる。うっとりした顔であとを追い、そのうち服の切れ端、髪の毛、肌、指、わたしの一部をほしがるようになる。そうなるともう自分ではどうしていいかわからない。免疫があったのは、家族とかかりつけの小児科の先生だけだ。

中学までをホームスクールで終えたとき、魔力が漏れ出さないようコントロールできることが明らかになった。力をコントロールする練習を始めたのは、他人の人生を台無しにしてしまうのを理解した瞬間からだ。この力はとてもめずらしいものだったけれど、わたしは似たような魔力を研究し、魔法陣を練習し、あらゆる魔力理論を読んだ。でも、あたりまえだけど理論と実際は違う。

以前、免疫のあるネバダとアラベラで実験したことがあるけれど、研究し、練習したことが本当に効いているのかたしかめる方法はなかった。リベラは説明しなくても事情を把握している。彼らにはここにいてもらわないといけない。わたしの力を知っているし、もしわたしがコントロールできずにジェレミーが暴走したら、引き離してもらう必要がある。

ドアが開いてジェレミー・ワグナーが入ってきた。経歴チェックしたときの写真と同じく、長身黒髪の二十代なかばの白人だ。醜くもなくハンサムでもない普通の顔だけど、全体的に感じはいい。物腰は柔らかくおとなしい。自分が臆病なのを知っていて、それを利用しようとしているように思える。

普通なら緊張する状況だ。緊張していなくても不安になるだろうし、自分を守ろうとしてもおかしくない。たいていの人は警戒する。それなのにちょっと眠そうだ。昨夜ベーカリーに侵入したせいかもしれないけど、写真を見るといつもこういう顔のようだ。

「座って」

「やあ」彼は座って笑顔を見せた。その笑い方もおとなしいという印象を強めた。〝どぎまぎしてるけど、ぼくってキュートでしょ？〟とでも言いたげだ。

「ここに来てもらったのは、昨夜お店に侵入者があったからよ」

「そうなんだ？　何か盗られた？」

　魔力を〝超一流〟の裁定人たちに評価されたとき、ヒューストンのあらゆる一族の顔ぶれを登録する記録係はこの力に新しい名前が必要だと考え、わたしをセイレーンと名付けた。世間ではセイレーンは人魚だと思われているけど、もととなった神話ではセイレーンには羽や翼がある。わたしも翼を持っている。魔力できらめく、人を魅了するような美しい翼だ。わたし以外に見える人はいないけど、その翼を広げると、人はわたしだけに注目し、ほかのすべてを忘れてしまう。

　能力者は意識的に努力して魔力を使う。それはサンドバッグをパンチしたり腕立て伏せをしたりするのと同じで、練習することで強くなる。わたしの場合はその反対。知らない人といるときに翼を閉じておくのは息を詰めるようなもので、翼を開くのにはなんの努力もいらない。

　ジェレミーに全力でぶつかる必要はない。ほんの少しだけ力を使えばいい。わたしは翼をちらりと見せた。彼はまばたきして笑顔を見せた。

口を開くと魔力は前へとのびていって声と混じり、見えない糸となって彼に巻き付いて誘惑した。力を抑えつつ少しだけ使うのはとても疲れる。

「侵入者はシャンパンのボトルを叩き壊していったの。ジェレミー、シャンパンは好き?」

彼にはもうわたししか見えていない。

「シャンパンよりビール派なんだ。ビールならなんでも好きだけど、いちばんはＩＰＡかな。ほら、ホップの香りがすごく強いやつ。あれこそ本物だよ。シュールレアリスムを学ぶのと同じで、ＩＰＡを飲んだら抽象的でもあいまいでもないのがわかる。シトラスとホップが効いてて……」

もうわたしのものだ。隅でルナがまっすぐ座り直し、フォトブックを置いた。

「……ほかのビールを判定する基準になってる。ＩＰＡより強いか? 甘いか? ホップは弱いか? きみはビール好き? 今すぐ行ける最高のビアガーデンがあるから、ＩＰＡを一杯おごるよ」

「ジェレミー、ケーキのデコレーションは得意?」

「誰にも負けない。テレビに出てる奴らなんか目じゃない」ジェレミーが目を見開いた。「『勝ち抜きケーキバトル』を見たけど、いい加減なのばかりだったな。おれはフォンダンの魔術師だよ。今ここにフォンダンがあれば見せてあげられるんだけど」

「ベーカリーにフォンダンがあるわ」

「ああ、だめだめ、あれは使えない。毒入りだから」

レオンがにやっとした。

「変ね。誰が毒を入れたの？」

ジェレミーは片手を振った。「おれの弟と、弟の高校の同級生二人。そんなことはどうでもいい。大変なところは全部おれがやった。おれが仕組んだんだ」

わたしの声は誘惑するように、安心させるように彼を包み込んだ。「へぇ、あなたって頭がいいのね、ジェレミー。なぜ仕組んだの？」

「〝超一流〟が気に入らない。おれたちより偉いみたいな顔しやがって。ああ、それからあのおばさんがキャッシュで十万ドルくれたんだ。裏庭に埋めといた。これで金持ちだ。ここで働かなくてもいい。いっしょにどっか行こうよ、サウスパドレとかさ」

タブレットの電源を入れ、保存しておいた画像をジェレミーに見せる。

「この人だよ。知り合い？　きみも金をもらった？　金ならおれが持ってるからあげるよ」

「彼女がどうやって結婚式にもぐり込むか知ってる?」

「知らない。ただ何か入った注射器を何本か渡されて、フォンダンに注入しろって言われたんだ。自分を刺さないようにとか、ビニール手袋をしろとか言ってさ」ジェレミーはうんざりした顔をした。「おれを誰だと思ってるんだ」

ここからがいちばんむずかしいところだ。

口を開き、歌い始めた。魔力がこもっていれば、歌詞はなんでもいい。ジェレミーは口をぽかんと開けて聞いている。やがて魔力に包まれた彼はわたしといっしょに歌い始める。「〝メエ、メエ、黒羊さん、ウールはある? はいはいあります、三つの袋にいっぱい……〟」

わたしは歌うのをやめ、〝忘れて、忘れて、忘れて〟とジェレミーの心にささやきながら、そっと魔力を引き上げる。

ジェレミーの頭が下がり、顎が胸についた。その体がゆっくり前に倒れる。お腹がテーブルに触れたとき、彼はびくっとして目覚めた。目をぱちぱちさせながら、あせったようにこちらを見ている。

「侵入者はシャンパンのボトルを叩き壊していったの。ジェレミー、シャンパンは好き？」

「シャンパンよりビール派なんだ」

「この事件に関わってる？」そう質問する。

「関わってない。ひどい話だよね。だいたいベーカリーに押し入るなんてばかじゃないのか？」

「昨日の夜中の一時から二時まで、どこにいた？」わたしはぐったり疲れていた。声が震える。

「家。弟が証言してくれるよ。いっしょに起きてゲームしてたから」

「ありがとう、ジェレミー。これで終わりよ」

「そう」ジェレミーは立ち上がって片手を差し出した。握手する。その手には力がない。「会えてよかった」ジェレミーは出ていった。

誰も何も言わなかった。リベラは携帯電話を見つめている。レオンはにこにこ顔で両手の親指を立ててみせた。

リベラが目を上げた。「よし、厨房に入った」

「すごい力ね」ルナが言った。

気まぐれな思いにとらわれて、わたしは片手を差し出した。「ベイラー一族のカタリーナ・ベイラー、〝超一流〟のセイレーンよ」

ルナはわたしの手を見て、慎重に握手をした。「わたしの頭の中に入らないでね」

「わたしの知ってる人をあなたが毒殺しないならね」

「記憶はずっとなくなったまま?」リベラがきいた。

「さあ」そう答える。

「監視を続けよう」リベラが言った。「あいつは知ってることを全部吐いたと思う。でもあの女は頭が切れるからなんの手がかりも残さなかった。ティーンエイジャーがシャンパンを盗んだ話を信じたふりをして、警戒を続ける。敵が期待している通り、ここには警備を配置する」

「もしあの人が結婚式にもぐり込もうと考えてるなら、給仕役しかないわ」

リベラはうなずいた。「その可能性が最も高い」

レオンが身動きした。「厄介なのはカルロスだな。いったんジェレミーに疑いの目を向けたら、自分をコントロールできなくなるかもしれない」

リベラはにっこりした。「尋問は問題なくパスしたと告げるつもりだ。あの二人にはもう守秘義務契約にサインさせてある」

ローガンはヴァレンティーナとカルロスに、これから二週間、毒という言葉を口にすることをいっさい禁じる契約書をすでに送っていた。これを破ったらうちとの契約は即終了になる。守り通せば、割られたシャンパンはローガンが弁償する。わたしは、結婚式が終わるまでは彼らのネット通信も電話も監視されることを、うんざりするほど細かく説明した。まるでギャングになった気分だ。店に押し入って中を壊し、みかじめ料を要求しているみたい。でもこれは合法で、契約として拘束力がある。
「じゃあ、そろそろ行きましょう」わたしはレオンに言った。

レオンが運転する横で、わたしはメッセージに目を通した。ミセス・ローガンは《シーライト》の捜索に進展があったかどうかきいていた。進展はないので調査中だと返信した。ローガンはわたしが大丈夫かと尋ねていた。大丈夫じゃないけれど、大丈夫だと返信した。ママは夕食には戻るのかときいてきた。戻るので、戻ると返信した。アラベラは、ネバダが結婚式を何かと変えようとするからガムテープで口をふさいで、手を縛っていいかきいている。わたしはだめと返信した。ミア・ローサから、お母さんが代筆したとてもすてきなビダズラーのお礼メールが来た。これはうれしかった。誰かに何か頼まれてその願いをかなえたら、相手が喜んでお礼を言ってくれるなんて。

最後はバーンからだ。

〈今どこ?〉

〈レオンと車〉

〈屋敷に戻ってくる?〉

〈ええ、ちょっとだけ〉

注文通りにテントが設営されているかたしかめなくてはいけない。

〈安全に車を停められそうな場所を探して。戻る前に見てほしい動画がある〉

なんだろう?

〈送って。レオンが運転してるから、車を停めなくても見られる〉

〈いや、停まってほしいんだ〉

わたしはため息をついた。「あなたのお兄さんって変人」

「今さら何言ってんの?」と、レオン。

「次の出口で降りて、車を停められる場所を探してくれる?」

二分後、車は二八一号線からガソリンスタンドの敷地に入って停まった。バーンにメッセージを送る。メールを受信したのでダウンロードを始めた。かなりかかりそうだ。

「さっきの、すごかったね」レオンが言った。「カタリーナにあんなことができるなんて知らなかった」

「わたしも」

「魔力を使うと気分いい？」

「隠さなくていいのは気分がいいわ」

誰もが使う駐車場でなければ、翼を広げて一休みするところだ。ドライブ中に翼を広げるのも怖い。誰かがわたしにくぎ付けになって事故を起こすかもしれないから。

「ジェレミーはわたしたち全員を毒殺するつもりだった。そう考えると恐ろしくてたまらないの。あのケーキを食べた人は全員死んでいた。小さな子どもたちもよ。それなのに彼は気にしてもいなかった。犯行動機はお金だったけど、話をしているときそれだけじゃないのがわかったわ。彼はわたしたちを憎んでる。知り合いでもないのに。しかもね――うしろめたさを感じるどころか得意気だった」

レオンがシートにもたれた。「うちの家族は全員能力者だ。ペネロープおばさん、フリーダおばあちゃん、カタリーナ、アラベラとネバダ、バーン……ぼくには魔力がないんだと、無能力者なんだと思ってた。昔さ、よく倉庫の屋根にのぼってたんだ。屋根裏から外に出る方法があってね。それで屋根の端を歩いてた」

「なんでそんなことしたの？」

「すごくびびったら魔力が現れるんじゃないかと思って」レオンは顔をしかめた。

「スポーツは練習すれば上達するし、勉強すればいい点がとれる。でも魔力は持ってるか持ってないかだ。ただそれだけ。そんなのめちゃくちゃ不公平だよね。生まれ合わせの偶然、自分ではどうすることもできないＤＮＡの何かで、生まれる前から人生が決まってるなんてさ」

わたしは魔力がなかったときの記憶がない。わたしの人生を決めるのはこの恐ろしい力だ。そのせいでひどい罪悪感を抱いている。でもレオンに話したことはない。こんな力を手に入れるためならレオンは人生の半分だって差し出すとわかっていたからだ。

「でもレオンは人を毒殺したりはしなかった」

「毒殺するって、誰を？　カタリーナは大事な家族だし、もし母さんがまた現れても毒殺はしないな。大嫌いだったし今も嫌いだけど、それでもね。もし母さんが誰だか知らない奴じゃなくてバーンのパパと寝てたら、ぼくにももっとすごい魔力があったかもしれない。それに母さんは食うにも困るほど貧乏だ」

わたしは人のよい面を見ようと努力している。でもジゼラ叔母さんにはいいところが全然ない。誤解されているだけだと思ってたけれど、姿を現せば家族に迷惑ばかりかけるので、すっかり嫌いになってしまった。

「ジェレミーは卑劣な奴だよ」レオンが言った。「間抜けすぎて自分がばかだって気づいてない。ニュースとかヘラルドで〝超一流〟を見て、嫉妬してるんだ。嫉妬で頭がおかしくなってる。結婚式が終わったら、リベラがちゃんと当局に引き渡してくれるよ」

ローガンならジェレミーをただ消すこともできるけれど、そんなことはしない。一度ネバダにそういう質問をしたら、力を誇示するのが有力一族のやり方だ、と言っていた。ジェレミーみたいな人間が有力一族を攻撃したら、かならず見せしめに報復するだろう。

ファイルのダウンロードが終わった。タップする。ハミングバードカメラからの映像が画面に広がった。シャビエルがはとこたちに近づいていく。わたしは音量を上げた。

長身のブロンド、アドリアナが怒りもあらわにシャビエルに一歩近寄った。スペイン語が飛び出す。「なんであんなことするの？　あの子、いい子なんだから放っておきなさいよ」

わたしのことを話している。

「黙れよ」シャビエルが答えた。

噴水のそばにいたエルバがくすくす笑って両手を振った。日焼けした腕の上をゴールドのブレスレットが滑っていく。

「本気だからね」アドリアナは距離を詰め、彼の目の前に立った。「カタリーナに手出しするのはやめて。一生懸命働いてるじゃない。あの子はあなたが毒蛇だって知らない。もてあそぶならほかの人にして」

シャビエルは腕組みした。アドリアナは長身だけど、シャビエルは彼女より十センチ以上高い。「言うことをきかなきゃどうするんだ？　教えてやる。おまえは何もしない。これまでも何もしてない。おまえらは誰もこの結婚式に対して何もしようとしない。あいつはあのくそ女と結婚するんだぞ」

心臓が激しく脈打った。頬が熱くなる。アドリアナの言う通り、シャビエルは毒蛇だ。危うく噛まれるところだった。

「だから何よ？」カールした黒髪のサマンタが口を開いた。「結婚させればいいじゃない」

シャビエルが彼女のほうを向く。「食ってばかりいないで頭を使えば、答えはわかる。エルバ、説明してやってくれ」

「ローガンは危険な生き方をしてる」エルバが話し始めた。「強力な敵もいる。考えてみてよ――三十代だからもうおじさんだけど、誰かと結婚しようとするのはこれが初めてよ。お父さんが何度も命を狙われたせいでお母さんは車椅子。そのうえ、ローガンが異常なのは誰もが知ってる事実よ。そこに、どこの誰とも知れないあのくそ女が現れて、婚前契約も交わさずに結婚しようとしてる」

「その通り」シャビエルが口を開いた。「結婚式が終わった翌日にローガンが死んだら、あの女が何もかもかっさらってこっちには何も残らない。よくわかるように噛み砕いて言ってやるよ。おれたちの祖父母は家族の投資の収益を引き出してる。たいした額じゃない。一年で百万か二百万だ。親たちは働くしかない。祖父母が死んで親たちがそれを継いでも、頭数が増える分だけ取り分は減る。おれたちは働かないとやっていけないし、おれたちの番が来る頃にはもう資産が残ってないかもしれない。誰が金を持ってるかわかるか？」

「ローガンよ」エルバが答えた。「何十億って持ってる」

「ローガンはいずれ殺される。父さんが言ってたけど、去年、力のある奴らを大勢敵にまわしたらしい。アローサは老いぼれだ。あとは待ってるだけでいい」シャビエルがぱちんと指を鳴らした。「そうすれば遺産はおれたちに転がり込む。でも、そうなるためには、妻や跡継ぎは邪魔なんだ」

「じゃあ、どうするつもり?」アドリアナは鼻で笑った。「結婚式を阻止したとして、そのあとはローガンが子孫を残さないように避妊具を持って追いかけ回すの?」

「それはあとの話だ。今はもっと差し迫った問題がある。ローガンはあのくそ女と結婚するんだぞ」

「二人とも〝超一流〟よ」サマンタが言い返した。

「その通り。でもシャビエル、あなたはたしか〝超一流〟じゃないはずだけど」アドリアナが腕組みした。

「おまえらだってそうだろ」シャビエルが答えた。「あいつらの記録を調べてみたら、今年一族として成立したばかりだ。あのくそ女は尋問者で、ほかにパターンマスターが一人いるけど、それ以外の記録は封印されている。新興一族なんだから、有益な魔力があるなら公表するはずだ。力を非公開にする〝超一流〟がいるか? 間違いなくあいつらは役立たずだ。カタリーナが古いチーズを抱えたネズミみたいにタブレットを持って走り回ってるの見ただろ? あれが〝超一流〟? 冗談じゃない。〝超一流のオタク〟だ。本人も場違いだって認めてる。〝居心地が悪い〟んだってさ。カタリーナと妹をここから追い出したら、さぞ居心地悪い思いをするだろうな」

目の前が赤くなった。誰かが目の前で半透明の赤いカーテンを閉めたみたいに、視界が赤く染まった。

「あいつのケツに銃を突っ込んでやる」レオンがうなった。

シャビエルは歩き回りながら言った。「おれがあのネズミをくどくから、おまえらはただ黙って引っ込んでてくれ。あいつが持ち歩いてるタブレットには結婚式の情報全部と家族の秘密が半分ぐらいは入ってるはずだ。だからそれをいただく」

「あんたって本当に最低」アドリアナが言った。

「かっかするなよ」シャビエルが言い返した。「おまえの同性愛者の母親をじいさんが一族から追い出したからって、心配ない。相続が発生したら相談しようぜ」

「シャビエル！」サマンタが彼をにらんだ。

エルバがにやりとした。「嫉妬はやめなよ。わたしがあんたの立場なら、自分たちの権利を守るためになんでもする。ルシアンの女癖の悪さを考えれば、相続財産をぶんどっていく婚外子が山ほどいるだろうし」

「もう！」アドリアナは背を向けて歩き去った。サマンタはその後ろ姿に目をやり、シャビエルとエルバをにらんで、アドリアナのあとを追った。

「心配ないって」エルバが言った。「サマンタは腰抜けだし、アドリアナは何も言わない。あの子に二度イサベラのピルを売ったの。〝不安〟があるんだってさ。ママに見つかったらただじゃすまないわよ」

シャビエルは顔をしかめた。「いいぞ。あいつらをおとなしくさせておいてくれ。あとはおれがなんとかする」

録画が止まった。

「あいつ、殺してやる」レオンが低い声で言った。「あの噴水でおぼれさせて、心肺蘇生して、またおぼれさせてやる」

胃に穴があいたような気がした。口の中に酸っぱい味がしたのでのみ下す。頬に熱い涙が流れ、肌を焼いた。まるで毒を盛られて、体がそれを必死に外に出そうとしているみたいだ。

「泣くなよ、カタリーナ――あいつにはなんの価値もない。あんな奴のことで悲しんだりするな」レオンがこちらを向いて言った。「頼むから泣くな。ぼくがなんとかするから。カタリーナが泣いたらぼくも泣いちゃうし、そしたらみんなにばらすだろ？そんなこと恥ずかしくて耐えられない。ティッシュ使う？ティッシュあるよ」

レオンは後部座席からティッシュの箱を取ってわたしの手に押しつけた。「悲しまないでよ」

「悲しんでるんじゃないの」わたしは歯を食いしばった。「怒ってるの」

レオンがまばたきした。「カタリーナも怒るんだ？」

振り向くと、レオンがあとずさりした。

「あのろくでなしはわたしたちに勝てると思ってる。十分ぐらい話しただけでわたしが舞い上がって、なんでも言うことを聞くと思ってる。わたしがあいつの魅力に目がくらんだと思ってる。人をばかにして！」

レオンがひるんだ。

「何が計画よ！　家族の恥ずかしい秘密が詰まってるからタブレットを奪うですって？」

「詰まってるの？」

「まさか。でもあいつらにはそういう秘密があるはず。だからそれを引きずり出してやるわ。あいつらは結婚式をぶち壊すつもりでいる。遠くない将来にローガンが一人で死んだときのためにね。よく言うわ！　こんなばかばかしい話はきいたことがない。子ども向けのドラマじゃあるまいし」

「そうそう、『ファミリー・ゲーム』レベルだよ」

「十二歳の子が考えそうな計画よ。シャビエルは大人なのに！　エルバは十六歳。お金は親頼みで、怒りっぽくて幼稚で、常識知らずで頭も悪いし、魔力はわたしたちの足元にもおよばない。なんであんなふうに偉そうにしてられるわけ？」

レオンは車のエンジンをかけてドアをロックした。「そうだよね」そうなだめるように言う。「そんなふうにカタリーナの顔が紫になってるの、初めて見たよ。家に帰ったほうがいいと思う」

「ううん、〈マウンテン・ローズ〉に戻ってあいつの口にこのタブレットを突っ込んでやる」

「運転手はぼくだし、そのぼくが帰ろうって言ってるんだ」

「レオン！」

「覚えといてよ」レオンはハイウェイの車列に合流した。「ぼくはカタリーナの大事ないとこだ。運転中にぼくを襲ったら、二人とも死んであいつが勝つ。カタリーナ、あいつを勝たせちゃだめだ」

わたしはキッチンに座って調査ファイルに目を通した。レオンはシャワーを浴びて一休みするために自分の部屋に戻った。バーンは「悪魔の小屋」と呼んでいるコンピユータールームで仕事をしている。キッチンにいるのはアラベラ、ママ、フリーダおばあちゃんだけだ。

このファイルは昨日も読んだけれど、長すぎるせいで最後まで読みきれていなかった。シャビエルがぺらぺらしゃべってくれたおかげで、怪しい容疑者が何人か浮かんだ。

一人目はミケルだ。〈ラミレス・キャピタル〉の経営者、カクテルと白い服と派手なゴールドジュエリーが大好きなマリアの夫、意地悪女エルバの父親。散歩の途中で噴水を通りかかったとき、シャビエルはエルバに言い返す芝居をしていたけど、そのときミケルが使用人にお金を払って辞めさせたとかなんとか言っていた。倉庫に戻る車内で、ミケルのファイルをチェックした。書類上ではミケルは百四十万ドル相当の給与を受け取っている。それ以外に大きな収入源はない。マリアは恐ろしい勢いで浪費している。七百万ドル相当の自宅、五百万ドル相当のバルセロナの別宅、合計八十万ドルを超える高級車四台、ヨット。それなのに浪費の勢いは留《とど》まるところを知らない。このお金はどこから出ているんだろう？

バグにミケルの経済状況の細かいチェックを頼み、何かあったら知らせてと告げた。

二人目はルシアン・デ・バルディビア。フネと結婚しているけど、浮気しているのは家族全員が知っている。わたしは何年も前から浮気調査をしているから知っているけど、浮気にはお金がかかり、跡が残る。ホテル、プレゼント、デート、仕事の会議といつわった贅沢な旅行、そして配偶者へのプレゼント。ローガンのファイルには、二十年前にフネと結婚してからルシアンが浮気してきた二十三人の女性の名前があった。そのうち十二人は長期にわたる不倫関係だ。二年ごとに浮気の虫がうずき出し、それをなだめようとする相手。最近の浮気は一年半前に終わっている。そろそろ次の相手を探し出すタイミングで、《シーライト》はいいプレゼントになる。

そして、どこからともなく現れた、若い愛人のポール・サルミエント。謎の男だ。誰も彼を知らず、アネがどうやって彼と知り合ったかも、なんの仕事をしてるのかも知らない。二十五万ドルはラミレス家やデ・バルディビア家にとってはたいした額じゃないけれど、普通の泥棒からすれば魅力的だ……。

アラベラがうめき声をあげ、大げさに頭をテーブルに打ちつけた。

ママとフリーダおばあちゃんはフォークを置いて拍手した。

「もううんざり」アラベラが言った。「ライラックは絶対無理。これは変えられない」

「ネバダがライラックがいいって言うなら入れればいいじゃない。何が問題なの？」

フリーダおばあちゃんがきいた。

「テーマカラーはセージ、ピンク、白なの。青は合わない。みっともなくなる。ブーケは大事な写真には全部写るし、みっともないのが誰の目にもはっきりわかる。おばあちゃんはわかってないいんだよ。ヘラルドのユーザーって容赦ないの。あたしはネバダがめちゃくちゃに言われるのを見たくない。きっといやなことを言ってくるよ、嫉妬してさ。完璧な結婚式の話なんて誰も聞きたくないんだよ。億万長者と結婚するのにブーケのコーディネートをするお金もない〝超一流〟の花嫁をばかにしたくてたまらないの。まったくもう！」

「いつからヘラルドの人たちになんて言われるか気にするようになったの？」ママがきいた。

「うちが一族として認められてから。みんなあたしたちが田舎者だと思ってる」アラベラがくるっとこちらを向いた。「カタリーナ、言ってやってよ」

全員がこちらを見た。

「ヘラルドなんかくそくらえ」わたしはそう言った。

フリーダおばあちゃんがフォークを落とした。

「〝超一流〟もパパラッチもどうでもいい。ネバダがライラックを入れたいって言うなら、好きなだけ入れればいい。そのライラック、わたしが自分のお金で買うわ」わたしはタブレットを持ってキッチンから出た。

うしろでアラベラが口を開いた。「ママ?」

「カタリーナはストレスでまいってるみたいね」

左に曲がって別の廊下に入り、「悪魔の小屋」に向かう。パパの医療費をまかなうために家を売ってこの倉庫に移り住んだとき、最初はできるだけ家庭的に改装するつもりだった。でも、結局は必要な場所に適当に壁を取り付けたので、ところどころ変わった場所がある。知らない人にとってはめちゃくちゃなレイアウトに見えるかもしれないけれど、わたしたちにとっては機能的だ。「悪魔の小屋」もそういう変わった場所の一つだ。大きなスペースの一角の小さな部屋で、ドアと屋根があり、ケーブルや冷却装置を収納するために床が高くなっている。中に入るには階段を三段のぼらないといけない。

中の気温は倉庫のほかの場所に比べて数度は低い。バーンは三つのモニターの前の定位置に座っていた。わたしはレオンの椅子に座った。

「大変な一日だったね」バーンが言った。

「あいつらは嘘つきで裏切り者で泥棒よ。それなのにわたしたちより偉いと思ってる。わたしたちが働いていて、たいしてお金を持っていないからよ。ネバダはそういう家の人と結婚するの」

「ネバダはローガンと結婚するんだ。ぼくはローガンが好きだし、ミセス・ローガンも好きだよ。それに東棟の親族はまともに思える。いいかい、これが終わればあいつらはヨーロッパに帰って、もう二度と会うこともない。結婚式だけ乗り切ればいいんだ」

「結婚式を乗り切るのはネバダよ。わたしたちは泥棒を捕まえて、結婚式の大量殺人を防がなきゃ。何か怪しい行動はなかった？　《シーライト》と、それを盗んだ奴を見つける手がかりは？」

バーンはためらった。「関係あるかどうかわからないんだけど、見てもらいたいものがある。ちょっと待って」

バーンがキーボードを操作すると、真ん中のスクリーンに映像が現れた。パティオにあるテーブルと数脚の椅子が映っている。美しく整えられた茂みがごそごそと揺れて、探検家がジャングルの森から出てくるように、ひょろ長い男性が出てきた。ミケル・ラミレスは眼鏡を直してあたりを見まわすと、屋敷から離れて果樹園に向かう道を歩き出した。

「続きがある」バーンが言った。

のろのろと時間が過ぎていく。

モニターにマリア・ラミレスが現れた。パティオでチャンキーヒールの大きな音をひびかせている。白いワンピースに薄い緑色のしみがあり、ブリーチしたブロンドの髪には枝が刺さっていた。片手にはマティーニのグラス。サングラスをはずし、つかの間立ち止まると、匂いを嗅ぎつけた猟犬みたいに夫が立ち去った方向へと歩き出した。

口に手をあて、首を振る。「異様ね」

「あの人、屋敷じゅう夫を追い回してるんだ」バーンの金髪の頭がこちらを向いた。「夫は昼食のとき席を立って戻ってこなかった。出口のカメラ二台に映っていなかったから、窓から出たんだと思う。彼が《シーライト》を盗んだとしてもおかしくないな。こそこそ歩き回るのが得意だから」

「そうね、でもミケルはテレキネシスの力が弱くて、レベルは〝平均〟そこそこよ。ファイルを見ると、父親に認められたくて必死みたいだし、力を隠してるとは思えない。書棚を持ち上げる力はないわ。ポール・サルミエントはどう？」

バーンが手早く一連のキーを叩いた。アネとポールの姿が現れた。遠くの丘を見晴らすゆったりした椅子に座っている。ポールがテーブルに手を伸ばし、小さなケトルを持ち上げてアネに紅茶を注《つ》いだ。

「この二人はいつもいっしょだ。もしポールが《シーライト》を盗んだとしたら、アネも共犯だね。十分以上離れているのを見たことがない。監視を始めてから奴らのほとんどが魔力を使ってた。片手を振って小さなものを浮かせたりドアを開けたりする程度だけどね。あとでダブルチェックしてみるけど、これまでのところポールは何もしてない。彼がテレキネシスだとは思えないな」

　言葉をかえれば、手がかりは何もないということだ。

「明日もここにいる?」

「うん。どうして?」

「この蛇の巣をつついてみるつもりなの。かなりの援護が必要になるかもしれない」

「いるよ」バーンは保証した。「カタリーナ、あまり入れ込まないほうがいい。冠《クラウン》を見つけて、毒を入れた奴を捕まえて、それで終わりだ。あいつらにどう思われたって関係ない。これもいつもの調査と同じだよ。こいつらは容疑者だ。目的を果たすために関わるだけだよ」

「わかってる」

　しばらく心地よい沈黙が続いた。わたしたちはルシアンがウイスキーと葉巻を楽しみながら義理の父とおしゃべりするのを眺めた。

「そいつのこと、好きだったの？」

「それほどでも」アレッサンドロ・サグレドほどじゃない。シャビエルが仮面をかぶったウジ虫だとわかるまでは散歩は楽しかったけど、特別な相手というわけではない。アレッサンドロを見たときは、できるかぎり大きく翼を広げて、持てる力すべてで魅了して、永遠に自分のものにしたいと思った。でも好きだからこそこの気持ちを手放さないといけない。

7

そろそろブランチの時間だ。わたしは両方の手にカクテルのグラスを持って〈マウンテン・ローズ〉の庭を歩いていった。

「右前方だ」イヤホンにバーンの声がした。

向きを変え、椅子が二脚置かれた小さなテーブルの前で足を止める。敷地には、座って屋外の空気を楽しめるちょっとしたスペースがたくさんある。小道のほうを向いて集中し、少しだけ魔力を繰り出した。魔力はのろのろと出てきた。昨日のことがあったせいでまだ疲れている。本によると、練習すればうまくなるらしい。どうやって練習すればいいかは考えないようにした。

「もうすぐ来るぞ、三、二、一」

マリア・ラミレスがつんのめりそうになりながら道に出てきた。ぴったりした白いワンピース姿で、ネックラインは浅いけれど日に焼けた肩と腕があらわになるデザインだ。太いゴールドのチェーンネックレスをつけ、腕にお揃いのカフブレスレットをしている。

彼女に翼をちらりと見せ、輝く魔力を声にこめた。「ミモザはいかが？」

マリアが立ち止まった。その顔がゆるみ、こちらに歩き出した。「ぜひいただくわ」

二人でテーブルにつき、ミモザを味わった。

「ここは落ち着いていてすてきね」マリアが言った。

「気持ちがいいですね」言葉にさらに魔力をこめる。

「うちの夫を見なかった？　夫もここが気に入ると思うんだけど」

「見てないですね。ミケルのことを教えてください。どんな人ですか？」

「やさしくて頭のいい人よ。すごく愛してるの。だから裏切られるとつらい」マリアの目に涙があふれた。「彼、男と浮気してるの。わたしではかなわない。もっと美しく、もっと細くなれても、男にはなれない。夫は男が好きなの」

これは驚きだ。「どうして男性が好きってわかったんですか？」

「夫には秘書がいたんだけど、二人でこそこそしてるのを見たの。わたしが気づくと、会話が途切れたわ。そのあと秘書はクビになったけど、ミケルはその男に五十万ドルも払ってた。オフィスで支払い記録を見たの。そのあとは庭師。わたしが気づかないと思い込んで、二人で会ってたの。中学生みたいに紙切れを交換してた。ラブレターよ」

「中を見たんですか？」

「いいえ」

折りたたんだ紙がラブレターというのはなんとなく怪しいと思った。ドラッグと考えたほうが理屈に合う。

「でも、今度またそれが始まったの。相手は誰だと思う？」マリアはこちらに身を寄せた。「ルシアンよ。夫はルシアンと浮気してるの。真夜中に抜け出して彼に会いに行くのを見たんだから」そしてミモザを飲み干した。「夫を見つけなきゃ」目を大きく見開き、唇を震わせている。パニックに陥っているように見えた。感情のすべてがミケルに集中している。これ以上の情報は得られそうにないし、試してみるのも残酷だ。

「あっちに行ったと思いますよ」小道の先を指さし、魔力を引き抜いた。

マリアははじかれたように立ち上がり、振り返りもせずに小道を歩いていった。

理屈に合わない話ばかりだ。ルシアンがバイセクシャルなら、男性とも女性とも関係を持つだろう。食欲旺盛で、好き嫌いがないから。男性と付き合いたいなら男性を狙うだろうけれど、そんな記録はない。

ローガンにメッセージを送る。

〈邪魔してごめんなさい。ミケルが秘書をクビにしたときボーナスをはずんだのはどうして？　ファイルには何も書かれてないの〉

〈知らない。母にきいてみてくれ〉

ミセス・ローガンにも同じメッセージを送った。メッセージの入力中を示すグレーのドットが現れた。時間がかかっている。テーブルを指でとんとん叩きながら、ミモザを少し飲んで待つ。

〈あれは秘書じゃなくて、アンヘルよ。わたしたちの世代でいうところの〝不義の子〟。ミケルは奔放な時期があって、十六歳で父親になったの。家族は母親にたっぷりお金を渡したけれど、成長したアンヘルは父親とのつながりを求めたの。とてもいい子だけど、うまくいかなかった。ミケルはアンヘルが望んだような父親じゃなかったのね。《シーライト》の件で進展はあった？〉

〈まだありません。とにかくありがとう〉

〈あなたのことは心から信頼しているわ〉

携帯電話が鳴り、ミセス・ローガンからオフィスで撮ったミア・ローサとの自撮りが送られてきた。二人とも指でVサインを作っている。

ルシアンとミケルが浮気していないとしたら、どうしてミケルはこっそりルシアンと会っているんだろう？

そのときある考えが頭に浮かんだ。「バーン、他人のふりをしてメッセージを送ることはできる？」

「できるよ。誰のふりをすればいい？」

「家についたら教える」これはわたしがいないほうがうまくいく。わたしたち全員がいないほうが警戒心が弱まるだろう。

でもまだだめだ。十分後にポール・サルミエントと会う約束がある。ミセス・ローガンに彼との話し合いの場をセッティングしてもらっていたから、ポールはわたしを避ける言い訳はできない。

「見事だったね」男性の声がした。

目を上げると、ポールが木にもたれて立っていた。

「ぼくにも同じことをするつもり？」

ポールのほうを向く。彼はさっきわたしが魔力を使ったところを見て、秘密を知った。いつもならわたしは人との対立を避けようとする。でもこの数日、ケーキに毒を盛られたりシャビエルにネズミ呼ばわりされたりしたせいで、何かが変わった。内気なところが消え失《う》せた。

　昔、両親が冬にコロラドに連れていってくれたことがある。一日中スキーをしたりソリに乗ったりして、八歳のわたしが覚えているかぎり最高に楽しい休日を過ごした。家に帰る前の日の夕暮れどき、わたしはこっそり山小屋を抜け出して、高台から森へとソリで滑りおりた。小雪がちらつく風景は美しく、しばらくわたしはあたりをぶらついた。やがて太陽が沈み、風が強くなって、魔法のような時間は終わり、わたしは怖くなった。雪で足跡が消え、方向がわからない。呼んでも誰も来ない。顔は凍えるように冷たく、頼るのは自分しかいないことに気づいた。方向を決めて歩き出したものの、しばらくすると足と指先の感覚がなくなった。ひどく寒くて痛かったけれど、そのうち慣れた。わたしはあきらめ、感覚を麻痺させた。痛みを押して歩き続けていたら、父が見つけてくれて山小屋へ連れ帰ってくれた。

　今もあのときと同じ感覚だ。不愉快でいやなことばかりが次々と起きる。どれ一つとってもパニックになるような事柄だけど、全部が押し寄せたことで感覚が麻痺した。この森から出なければいけない。これが簡単でも楽しくもないことは最初からわかっていたことだ。

ポールを見てたずねる。「わたしにあれを強制させるか、座って話し合うか、どちらがいいですか？」

彼は近づいてきて椅子に座った。「用件は？」

「困ってるんです。うちであらゆる経歴を調査したんですが、あなたは存在しない。免許証はないし、どのデータベースにも指紋が登録されてない。出生証明書、学位記、履歴書、人の一生につきまとう書類が見つからないんです。そこで質問が二つあります。あなたは何者で、なぜここにいるんですか？」

「答えるのを拒否したら？」

「残念だけど、答えてもらうしかないですね。複雑な事情があって、結婚式のゲストの安全がかかっているので」

「きみが残念に思ってるとは思えないが」

ポールはポケットに手を入れ、財布から名刺を取り出すと、それをこちらに滑らせた。淡いブルーのカードにダークブルーで〈願いの井戸《ウイッシング・ウエル》〉と型押しされている。その下にシアトルの住所と電話番号が記されていた。

「わたしはランス・ギブソン。〈願いの井戸〉の社員だ。本社は日本だが、シアトル支社で働いている。アネはクライアントの一人だよ」

そのとき浮かんだ疑問をスマートに言い換えるのは無理だと思った。「エスコートサービスですか？」

「わたしは男娼《だんしょう》じゃない。だが、ある意味ではアネのエスコートをしているといっていい。わが社は特殊な望みをかなえることを専門としているんだ。人生で大事な人を失った経験はある？」

わたしは毎日父が恋しい。「どうでしょう。失恋ってことですか？」

「それもあるが、それが主流じゃない」ランスは指先を合わせた。「われわれのところには、人生に穴があくような喪失感を抱えた人がやってくる。たとえば、男が妻と幼い子を捨てたとしよう。妻はその男と離婚する。子どもには父親が必要だが、彼女はまだ新しい関係を築く気になれない。そんなとき、われわれに金を払い、子どものために父親役を雇うんだ」

「俳優みたいになりきるんですね？」

「その通り。だが俳優が一作品ごとの役を演じるのとは違って、われわれは時として何年も演じ続けることがある。ある夫婦は、難病に苦しむ八歳の娘のためにわたしを雇った。その子は十五歳年上の兄を慕っていて、その兄というのが、才能に恵まれた思いやりのある立派な青年で、冒険好きでもあった。慈善事業をしていたので出張が多く、いつも妹に電話やメールで連絡するのを忘れなかった。ところがある日、メールが途絶えた。ベリーズの紛争で亡くなったんだ。それを知れば娘が死んでしまう、と思った両親は、息子の写真を少しずつわたしの写真に差し替え始めた。わたしはメールや電話から始め、やがて兄として帰宅した。その後、毎年誕生日には会いに行ったし、彼女が学校や両親のことで悩んだときは電話の相手もした。この夏は大学を案内する予定なんだ」

「でもあなたはお兄さんじゃない」

ランスはほほえんだ。「そうだよ。でも兄の役目を果たしている」

それをどう受け止めればいいかよくわからない。「いつか彼女に話すんですか？」

「いや、それは禁じられてる。両親がいつかその気になれば、時期を見て打ち明けることができる。彼女が兄を必要としなくなったら、わたしは潔く消えるだろう。飛行機やスカイダイビングの事故でね。でも今は、頼れる兄として無条件の愛と思いやりを提供しているんだ」

「じゃあ、アネにとってあなたは何役になるの？」

「アネはシングルでいることを選び、それを楽しんでいる。最初の結婚には周囲のプレッシャーがあったし、夫を亡くしてからは再婚のプレッシャーにさらされている。そこでわたしを雇ったんだ。わたしたちには性的な関係はない。家族の集まりや休暇には同行し、愛するパートナーのようにアネのエスコートをするのが仕事だ。ボディガードを務めることもある。わたしのサービスは、本物の関係ではできないようなことを確実におこなう。アネに恥をかかせるようなことは決してしない。酔っ払って騒ぎを起こしたり、裏切ったり、アネから何かを盗もうとしたり、自分が有利になるよう仕向けたりもしない。これらはすべてアネが以前の夫にされたことだ。主導権を握るのはアネで、わたしが何をするかは彼女しだいだし、アネは好きなときに契約を終了することもできる」

「ヒモ男と思われてることは気にならないんですか？」

ランスはまたほほえんだ。「アネ以外の誰かにどう思われようと関係ないからね。大事なのはクライアントの要望だけだ。わたしはトラブルを予期してそれを解決するために金をもらっている。きみとこうして話しているのもそれが理由だよ。ミスター・リベラにはわたしの信用証明書をメールしておいた。彼がセキュリティの責任者だと思ったのでね。その中に必要な書類は全部入っている。もう行ってもいいかな、ミズ・ベイラー？」

こんな許可を求められたのは初めてだ。「ええ」

ランスは立ち上がり、去っていった。

「全部録音した？」バーンにそう確認する。

「うん、大丈夫」

「家に帰るわ。今日はもう限界」


わたしはローガンの部下のトロイにメッセージを送った。バーンと話して、レオンを可能なかぎりシャビエルから引き離したほうがいい、という結論になったので、今日はトロイがバディとして車をまわしてくれることになった。

中庭へと続く小道を歩いていく。庭の真ん中にある噴水のそばで、東棟に滞在しているローガンのいとこのラウールとシャビエルがレイピアという細身の剣で戦っていた。ミセス・ローガンら大人たちが日陰になったポーチからそれを見ている。二人のまわりをティーンエイジャーたちが囲み、はやしたてたり退屈なふりをしたりしている。

やれやれ、車まで行くにはこの中を通っていかないといけない。わたしは誰にも気づかれないことを祈りながら歩き出した。

「カタリーナ！」

シャビエルが軽い足取りで近寄ってきた。子どもたちの輪が分かれ、彼を通した。誰かがからかうように口笛を吹いた。

わたしは精いっぱい彼を無視しようとした。そうしないと喉にパンチを叩き込みそうだったからだ。普通の人は映画やテレビで見た通りに顔を殴ろうとするけれど、わたしは退役軍人の家庭で育った。喉を狙えば手が痛まず、相手の動きを止めることができる。

シャビエルがわたしの前に走り出て行く手をふさいだ。そして両手に持ったレイピアの一本を差し出した。「勝負しようよ。楽しいぞ」

とんでもない間抜けだ。信じられない。何もわかっていない。

「シャビエル！」ラウールが呼びかけた。「やるのか、やらないのか？」

「ほら、教えてあげるから」シャビエルが言った。

「どうすればいいかわからないし、今忙しいの」みんながこちらを見ている。悪夢みたいだけどこれは現実で、今目の前で起きている。

「いいじゃないか。年寄りくさいこと言うなよ」

手が震えるほど腹が立った。最悪のシナリオだ。子どもも大人も全員がここにいて、わたしの味方はおらず、ひとりぼっちだ。

シャビエルが目の前でレイピアを振ってみせた。

わたしの中で何かがはじけた。レイピアを受け取り、つかつかと輪の中へと歩いていく。

ラウールがお辞儀をして脇によけた。シャビエルが正面に立ち、構えた。どこの学校に行ったのか知らないけれど、フェンシングのレッスンを受けたに違いない。わたしはレッスンは受けていないものの、憎しみでいっぱいだ。どういうつもりか知らないけれど、わたしに恥をかかせるのが目的に決まっている。

「まずはアン・ガルドの姿勢だ。こうだよ。利き足を前に出して膝を曲げる。膝が爪先の上に来るように」

わたしは護身術で習った通り、いつものようにただ横向きで立った。

「膝を曲げて」シャビエルが言った。

誰かがくすくす笑った。

「戦うの？　それとも一日中しゃべってるつもり？」そうたずねる。

子どもたちがはやしたてた。ラウールがわたしに向かって親指を立てた。

「手加減してあげるよ」シャビエルが言った。「こっちが突くから、きみはかわせばいい」

怒りと魔力が一体となった。世界が縮み、シャビエルとわたしだけが残った。手の中の剣は軽くしなやかで、体の延長に思えた。腕と同じように。それをシャビエルの胴に向けて前に構えた。

シャビエルが躍り出た。

わたしはそれをかわし、レイピアの丸くなった先端をシャビエルの左脇腹に突き刺した。

「決まった」誰かが大声で言った。

シャビエルはさっと元の位置に戻った。その顔に怒りがちらつく。「わざと負けてやったんだ。準備はいいか？」

「そっちこそ」

シャビエルが攻めてきた。なぜか彼の狙いが正確に読めた。剣自体がわたしを導いているみたいだ。シャビエルの攻撃を横にかわし、剣に全身の力をこめて振り下ろす。相手の剣が手から吹っ飛んだ。

シャビエルがじっとこちらを見ている。

「まだ準備できてなかったみたいね。剣はあそこよ。それでも得意のつもり？」

シャビエルは剣を引ったくるように拾い上げた。その顔は真っ赤になっている。彼は歯をむき出して剣を突き出した。まるで水中にいるかのように、シャビエルのレイピアの先端が無防備なわたしの顔をまっすぐ狙っている。あとずさる時間はないという本能に従い、前に出た。右へ払おうとして、相手のレイピアに剣身を滑らせる。剣と剣がぶつかった。ガードのところまで剣身が滑っていく。次の瞬間、二人の顔が近づいた。

シャビエルの目には狂気があった。

その額ががつんとわたしの顔にぶつかった。あとずさったが、すばやく動ける距離ではなかった。目の前に黒い輪がはじける。痛い。ものすごく痛い。

ラウールとアドリアナが駆け寄ってきた。シャビエルがわたしを押し返した。右側から何かが飛んできて、体重などものともせずに彼を押し倒した。

足元の地面が揺れ、あらゆる方向からいっせいに恐ろしい声が響いた。「やめなさい」

アドリアナの腕がわたしを抱き寄せる。「大丈夫？」

まばたきして涙を追い払う。二十メートルほど離れたところで、シャビエルが顔にショックを浮かべたまま地面に倒れている。その体を押さえつけているのは大きなアウトドア用クッションだ。シャビエルはそれをどかそうと必死にもがき、腕が震えるほど力を入れている。簡単に払いのけられそうなのに、まるでセメントでできているみたいにそのクッションは動かない。

中庭は静まりかえった。振り向いてポーチのミセス・ローガンのほうを見る。透明の光輪のように、その体から魔力が発散していた。見えなくても、思わず息をのむような強さはわかる。災害級の台風の目の中にいるみたいだ。風は見えなくても、周囲を取り巻いているのが感じ取れる。一歩近づけば体を引き裂かれるだろう。わたしは動くこともしゃべることもできなかった。恐怖が冷たい波のように体に押し寄せるのを感じながら、ただ立ち尽くしていた。

そのうしろで、ミセス・ローガンの三人の兄姉とその子どもたちが激怒しているように見えた。けれども、西棟の人たちは違う。マルケルとソリオンは鼻で笑っている。ルシアンはおもしろそうに眉を上げている。ミケルとマリアは驚いた顔をしていた。シャビエルの母親のエヴァはミセス・ローガンをにらみつけ、父親のイケルの顔からは表情が消えている。親族を真っ二つに分ける線がこれほどはっきり見えたのは初めてだ。

ミセス・ローガンがエヴァをにらんだ。侵入者に気づいた古代のドラゴンのように、その魔力もまたエヴァのほうを向いた。

エヴァが足元に目を落とした。その唇が震えている。

イケルが妻の前に立ち、頭を下げた。「心から謝罪します。あいつは若くて何もわかってない。無礼を働くつもりはなかった」

ミセス・ローガンが口を開いた。その声はわたしの体を震わせ、骨にまでひびいた。

噴水の水面が揺れた。「あの子を部屋に連れていきなさい。わたしがいいと言うまで外に出てはいけません」

イケルが息子に歩み寄った。クッションが浮き上がり、ポーチのアウトドア用ソファに戻った。イケルを手伝おうとする者は一人もいない。彼はシャビエルの右肩をつかみ、引っ張り立たせた。

「大丈夫？」ミセス・ローガンがきいた。

ドラゴンがわたしを見ている。答えなくてはいけないのに、とてもむずかしい。

「はい」

「本当にごめんなさいね。どうか許して」

地面に穴があいて、そのまま地球の裏側まで落ちてしまえればいいのに。「大丈夫です。本当に大丈夫ですから」それ以上ばかなことを口走る前に、わたしは口を閉じた。

「よかった。わたしはもう自分のオフィスに戻るわね。もうこんな騒ぎはたくさん」ドラゴンは翼をたたんだ。ミセス・ローガンは車椅子の向きを変え、屋敷へと戻っていった。

すべてをあとにして、できるかぎり早足で門に向かう。トロイが運転する見慣れたホンダ・エレメントが門を抜けてこちらに近づいてきた。わたしは走り出しそうになった。車が停まったので、助手席に飛び込んだ。トロイがわたしの手元を見ていたので、いまいましいレイピアを握ったままなのに気づいた。刃に血がついている。シャビエルを傷つけてしまったようだ。

「いったい何があったんだ?」トロイがたずねた。

「説明できないほどいろいろ。何もきかないで運転してくれる?」

トロイは車の向きを変え、屋敷をあとにした。

「どうしてこんなに時間がかかったの?」トロイにたずねる。

「《シーライト》が見つかったんだ」彼はそう言ってダッフルバッグをわたしの膝にのせた。

その黒いバッグのファスナーを開けると、輝くティアラがこちらを見返していた。

光を受けてダイヤモンドがきらめく。
ハート形のアクアマリンがなくなっていた。

8

暗いメディアルームのソファに座って、監視カメラ映像を見る。バーンが映像をテレビモニターに転送してくれた。アクアマリンを失った《シーライト》はソファの左側に置いてある。膝には血のついたレイピア。顔全体が腫れている。額の右側には大きなこぶができていて、ずきずきと痛む。肌は熱く、今にも爆発しそうだ。このこぶが治ったら、だぶついた皮膚が顔に垂れてきそうな変な気がした。ネットで検索すればおかしな考えだとわかるだろうけど、そんな余裕はなかった。わたしはいろいろなことを心配するのをやめた。今日はそういう日だ。

モニターでは、わたしがマリアとランスと話をしたテーブルと椅子が、バーンからにせのメッセージを受け取った人物の登場を静かに待っていた。

ママが入ってきて明かりをつけた。「一人で真っ暗な中に座ってるなんて、いったい――」わたしの顔を見たママは言葉を失い、そばに座った。いっしょに座ったまま何もないテーブルを見つめ続けた。

「大学には行きたくない」

ママはこちらを見ただけで何も言わなかった。

「大学に行けっていうプレッシャーが重すぎるの。高校の入学初日から始まって、ずっとそれが続いてる。授業、テスト、クラブ、スポーツ、何もおろそかにできないの。自分がそうしたいからじゃなくて、大学入試の成績を左右するかもしれないからよ。大学進学希望者向け標準テストでいい点をとって、奨学金を手にして、優秀な成績で進学して、すばらしい大学生活とやらに向けて出発するためにね。勝ち組は大学に行って、負け組は家でどうでもいい仕事をする。あのねママ、わたしは負け組なの。学位がないとできないことがしたいなら、大学に行くべきだと思う。わたしは白分が何をしたいのかわからない。ほしくもない学位のために大陸の半分を飛び越えようとしないわたしを人生の落伍者《らくごしゃ》呼ばわりする人もいるけど、そんな人間のためにママのお金を無駄遣いしたくないし、自分を苦しめたくないの」

ママの顔が落胆に塗りつぶされるのを、わたしは覚悟した。

「わかったわ」ママが言った。

わかった？　わかったってどういうこと？

沈黙が続いた。

「誰かがネバダのウエディングケーキに毒を入れたの。この世には、お金をもらって親戚を演じる人がいる。バグの話だとその会社は医療保険が整っているそうよ。それから、今日剣で戦ったの」

「勝った？」

「負けなかった。相手はずるをしたの」そう言ってママを見る。「それから、魔力を使ってある人に秘密をしゃべらせて、そのことを忘れさせるやり方を学んだわ。わたしもネバダやヴィクトリア・トレメインと同じ、ただ無理強いしないだけ。相手の心に侵入しようと思ったら、魔力を目の前にぶら下げてみせるだけでいいの。そしたら相手は自分から進んで知っていることを話してくれる」

わたしは画面に目を戻した。

ママが抱きしめてくれた。

「大学のこと、怒ってる？」

「いいえ。やるべきことは果たしたわ。娘をいい人間に育て上げた。あなたは思いやりがあって頭がよくて、不正を見たら正そうとする。親にとってはそれだけで充分よ。あとはあなたしだい。自分の人生は自分で生きなきゃ。もし子どもの代わりに何かしようとするなら、それはひどい親よ。いつかもし正式な教育が受けたくなったら、かならず受けられる。人生の道は人それぞれよ、カタリーナ」

「ティアラは茂みの中にあったの。犯人は宝石を取り外して、高価なダイヤモンドを残したわ。理屈に合わないと思わない？」

「お金のためとか、家族に恥をかかせたいからとかが動機なら、たしかに理屈には合わないけれど、もしかしたら最初からその宝石が目当てだったんじゃない？」

バーンがノートパソコンを持って入ってきて、リクライニングチェアに座った。

「バグからミケルについてのメールは受け取った？」

「ええ」その一言が多くを物語っていた。

「じゃあ、見ようか」バーンが言った。

わたしはうなずいた。バーンがすばやくキーを打つと、カメラが少しズームして、テーブルがよりくっきり映った。

「何があったの？」ママがたずねた。

「今朝ルシアンに、ここで八時に会いたいってミケルのアドレスからメッセージを送ったの」そう言って画面を指さす。「ミケルにもルシアンのアドレスを使って同じメッセージを送った。今、七時五十五分」

「ママ」倉庫の奥のほうからアラベラが呼んだ。

ママはもう一度わたしを抱きしめ、額にキスして出ていった。

画面にルシアンが入ってきた。いらだたしげな様子であたりを見まわしている。

刻々と時間がたっていく。

ミケルが小道からやってきた。急ぎ足でテーブルまで来ると、ルシアンに近寄った。

二人の身長は同じぐらいだけれど、ミケルは細くてぎこちなく、ルシアンは引き締まったスポーツマン体形だ。

「なんの用だ?」ミケルが声をひそめた。「送金は終わったぞ。いったい何がほしいんだ?」

「用があったわけじゃない。だいたいおまえが――」

「用がないなら近づかないでくれ。もう金はないぞ。おまえのせいですっからかんだ。おれの邪魔をするな」

ミケルは走り出しそうな勢いで去っていった。

ルシアンはその後ろ姿を見て、鼻で笑った。あの笑い方にはどこか見覚えがある。

ルシアンは携帯電話を取り出し、何か打ち込んだ。

「誰にメッセージを送ってるの?」そう疑問を声に出す。

「わからないな。角度が悪い」バーンが答えた。

ルシアンはすぐには立ち去る気がないようだ。わたしたちは待った。

ほっそりした人影が小道を歩いてきてテーブルのところで足を止めた。栗色《くりいろ》の髪が肩をおおっている。

「いったい何を考えてるの？」エヴァが言った。

「会いたかったよ」と、ルシアン。

えっ？

「正気？　よりによって親戚が全員集まってるこんな場所で、会いたかったですって？」

ルシアンが近づくと、エヴァはあとずさった。

「あなたとのことは過去の話よ。もう終わったの。終わったはずよ」

「まだ終わってないだろう。現実は無視できないんだ。しかもそれがひどい現実だとよけいに」彼はまた一歩近づいた。「いいだろう？　エヴァ。一、二時間でいいから、この屋敷からきみを外に連れ出したいんだ」

エヴァは背を向け、小道を走り去った。ルシアンはうんざりした顔をして、ゆったりした足取りで屋敷へと戻り始めた。

「ルシアンにとってはいい夜にはならなかったみたいだね」バーンが言った。

「ルシアンの画像を出せる？」

画面いっぱいにルシアンの顔が現れた。とてもハンサムだ。黒っぽい髪、特徴的な顎のライン。

携帯電話を手に取り、ローガンに連絡する。

「もしもし？」ローガンが出た。

「あなたとの血縁を確認するために、スクロール社のデータベースでＤＮＡを鑑定する許可がほしいの」

「なぜだ？」ローガンがたずねた。

わたしは理由を説明した。

「こちらから連絡しておく」

お礼を言い、通話を切った。

「すごいことになってきたね」バーンが言った。

顔をこすってしまい、後悔した。痛い。「めちゃくちゃな家族だわ」

「イサベラがエルバから金をとって、鎮痛薬のオキシコンチンを渡してたよ。これで気分がよくなった？」

「まだ誰が《シーライト》を盗んだのかわからない」

「休んだほうがいい。朝になったら気分もよくなってるさ」

「もう少し監視カメラの映像を見たいの。見落としがあるかもしれない」

バーンは立ち上がってわたしの前にノートパソコンを置いた。「日付ごとにフォルダーにまとめてある。楽しんで」

午前一時を過ぎた頃、わたしは廊下を走り抜ける子どもたちの集団を眺めていた。うしろから車椅子のミセス・ローガンが楽しげなほほえみを浮かべて追いかけていく。彼女の中にドラゴンがいるなんて誰も思わないだろう。そのあとを、ミア・ローサがユニコーンのぬいぐるみを引きずりながらついていく。

あまりにも疲れていたので見過ごすところだった。わたしがばかみたいに笑っているのが聞こえたのだろう、ママが部屋に入ってきてノートパソコンを取り上げ、わたしをベッドへと追いやった。

シャビエルに頭突きされてから二日後の金曜日、ようやく腫れが引いた。肩に別の青あざができたのは、木曜の朝にアラベラがわたしの顔を見て、〝母親もわからないぐらいシャビエルの顔を変形させてやる〞と言って車に飛び乗ろうとするのを引き留めたせいだ。アラベラは腕を振り回したときにうっかりわたしを殴ってしまったのを後悔して、買ってきたチョコレートを食べさせようとずっと追いかけてきた。

同じ日にネバダから連絡があった。ネバダはついにナイチンゲールの案件を解決した。ナイチンゲール一族は満足し、ネバダはローガンとお祝いすることにした。アラベラとフリーダおばあちゃんはどこのレストランに行くのか興味津々だったけど、二人が選んだのはドミノ・ピザだった。二人はピザを注文し、その夜はB級映画を見て過ごしたらしい。

今日はリハーサルディナーがある。〝超一流〟のゲストたちは誰も来ない、ローガンの親族とわたしたち家族だけの会だ。結婚式は土曜日で、今夜は関係者全員が〈マウンテン・ローズ〉で過ごす。

車でローガンの家に向かい、ネバダが準備をしている間にキッチンで会った。急いでいたローガンは魔力を使って一度にいろいろなことをこなしていた。コーヒーのカラフェから勝手にコーヒーが注がれるのはいつまで経っても慣れない。

「どうした?」コーヒーマグがわたしの手の中に落ち着いたとき、ローガンがたずねた。

「あなたの親族に関して耳に入れておいたほうがいいことがいろいろ判明したの。不愉快だけど」

「それは昔から知ってた」

「そうじゃなくて、判明したのが不愉快なことっていう意味なの」

「意味はわかってる。何を気にしているのか教えてくれ」

「その事実をぶちまけるか、それともあなたとミセス・ローガンだけに話すか。ぶちまけたら見苦しいことになる」

「それが心配なのか？」

「いいえ。でもあなたやミセス・ローガンに恥をかかせたり不快にさせたりはしたくないの。二人はクライアントよ。どうしてほしいか教えて」

「その事実には、家族の名誉を傷つけたり、家族を危険にさらす可能性があるんだな？」

「ええ」

　ローガンはコーヒーを飲んだ。「それならすべてぶちまけるといい。母はプライバシーを大事にするが、家族の安全を何よりも優先する人だ。必要だと思うことをしてくれ」

「わかったわ」わたしはローガンが後悔しないことだけを祈った。

リハーサルディナーは中庭で開かれた。

二十四時間後にはみんなドレスアップするから、今はカジュアルな服装だ。白いテーブルクロスを敷いたテーブルがセットされている。あちこちに置かれているのはレモネードとアイスティーのピッチャーだ。シンプルなガラスの花瓶に生けたワイルドフラワーの装飾の隣には、テーブルロールを盛ったバスケットがある。

〈ヴァレンティーナズ・ハウス・ケータリング〉は伝統的なテキサス風バーベキューを用意してくれた。燻製肉の大皿がテーブルに運ばれてきた――ソースとスパイスの二種類で味付けされたブリスケット、スモークチキン、スモークターキー、牛と豚のリブ、ハラペーニョ入りソーセージ、コールスロー、とうもろこし、ベークドビーンズ。

わたしはローガンとネバダといっしょにメインテーブルに座った。アラベラ、バーン、レオン、ママ、フリーダおばあちゃん、ミセス・ローガンもいっしょだ。わたしは花嫁付添人《メイド・オブ・オナー》なので、席はネバダの左だった。

とてもうしろめたかった。ネバダにはとんでもない話をすると前もって言っておいたけれど、細かいことは伏せた。リハーサルディナーか結婚式か、どちらかが台無しになるなら、こっちのほうがましだと思ったのだ。

ミセス・ローガンがこちらに笑顔を向けた。「時間よ、カタリーナ」

立ち上がり、ローガンが大きなフラットスクリーンを設置してくれたポーチに上がる。右側には、青い布でおおった書見台が置いてある。

ローガンの親族全員が目の前にいる。うちの家族だ。全員がこちらを見ている。顔が引きつる。テーブルに並ぶおなじみの顔を見まわす。ルシアンとフネ。マリアとミケル。マルケルとイサベラ。イケルとエヴァ。その間にはふてくされたシャビエルがいる。アネとランス。ソリオンとテレサ……。

深呼吸した。スピーチの出だしを考えて、なるべく大人っぽく話せるようになるまで一時間練習した。「数日前、ラミレス家の花嫁が代々身につけることになっている《海光冠《シーライト・クラウン》》というティアラが盗まれたことがわかりました」

中庭が静まりかえった。みんなの顔に驚きや不安が浮かんだ。書見台をおおっていた青い布が床に落ち、青いクッションの上に置かれた《シーライト》が現れた。アクアマリンはまだ失われたままだ。

「ティアラは取り戻すことができましたが、調査を進めるうちにいくつかの事実が判明したので、それをこれからお伝えします」

両親のミケルとマリアと同じテーブルにいるエルバのほうを見た。エルバはこちらを見てにやりとした。笑ってなさい。これが終わっても笑ってられるかしら。

笑顔を返し、マルケルと妻のイサベラのテーブルのほうに目をやる。「イサベラ・ラミレスは、エルバおよび親族ではない二人の子どもを使って、処方薬を売買していました。エルバに薬を渡し、その代金を受け取る映像がここにあります」

フラットスクリーンに、鎮痛薬オキシコンチンの錠剤を数えて容器に入れ、それをエルバに渡すイサベラが映った。

「関係した子どもの両親が被害届を提出したことにより、ビルバオ当局は彼女の行動を把握しています」

スクリーンに訴状内容が現れた。バグって魔法使いみたい。

エルバの顔からにやにや笑いが消えた。イサベラは真っ赤になったかと思うと真っ青になった。マルケルが彼女を見つめた。「なぜだ？」

「子どもだましみたいなお金しかくれないからよ」イサベラはすごい勢いで言い返した。「この人はお金に細かいの。一ユーロにいたるまで把握していないと気がすまないのよ。できることならタンポンにだってケチをつけるでしょうね」

マリアはエルバをにらみつけていた。次の話題はもっと楽しくなりそうだ。

「マリア・ラミレス」そう呼んだ。

　マリアがびくっとした。

「あなたの夫はバイセクシャルじゃないし、ルシアンと浮気しているわけでもありません。ミケルは〈ラミレス・キャピタル〉を通じて投資詐欺を働いていたんです。これまでに投資家から集めた三千四百万ユーロを着服しています。自社で〈ラミレス・キャピタル〉のサイバーセキュリティを担当していたルシアン・デ・バルディビアはそれに気づき、この五カ月ミケルを脅迫していました。それを証明する財務報告書がこれです。皆さんのメールアドレスにも同じものを送りました」

　怒声が爆発した。みんながいっせいにわめきたてた。〈ラミレス・キャピタル〉は一族の資金源だ。

「ちょっと投資に失敗しただけだ！」怒鳴り声を押し返すようにミケルが大声で言った。

「おまえに投資する権利なんかないだろう！」マッティン・ラミレスの声がとどろいた。「黙って金を見てればいいものを、ばかでもできるようなことができないとは」

「一ユーロ残らず利子をつけて返すさ！」ミケルが言い返した。

「どうやって？」アネが口を開いた。「また詐欺を働くつもり？」

「浮気していたんじゃないのね？」マリアが声を張り上げた。「じゃあどうしてわたしから逃げ回ってたの？」

「おまえといっしょにいるとうんざりするんだよ！」ミケルが吐き捨てた。

ローガンはテーブルに肘をついて顎をのせ、土曜の朝のアニメでも見るようにこの混乱状態を眺めている。ミセス・ローガンはこめかみをこすっている。ネバダは義母の視界に入らないよう椅子にもたれ、こちらに親指を立ててみせた。

「離婚よ！」マリアが言った。

「まだあります。最後まで聞いてください」

「これ以上何があるっていうんだ」と、ソリオン。

フラットスクリーンの映像が揺れ、噴水のそばに立つシャビエルが現れた。ぺらぺらとしゃべりまくるその姿を、わたしは映し続けた。話が相続のことになると、中庭は静まりかえった。みんなショックを受けて画面を見つめている。シャビエルの表情は憎しみに満ちていた。リモコンで映像を一時停止させると、わたしはまっすぐ彼を見た。

「シャビエル、どうしてこの計画がうまくいかないか、理由がわかる？」

シャビエルはわたしに向かって毒づいた。

再生ボタンを押した。画面に二つの画像が並んでいる。ルシアンとエヴァ。三つ目の画像、スクロール社のロゴ入りの書類がその下に現れた。

「今回の訪問中にラミレス家の家長を代行するマッティン・ラミレスから、わたしのレイピアに残ったあなたの血液を検査する許可を得ました。あなたにはラミレス家の誰とも遺伝子的なつながりがない。でも、九十九・九九九九八パーセントの確率で、この二人が両親だと判明した。あなたには相続権はないの、ローガンと血縁関係がないから」

水を打ったように静まりかえった。誰もがルシアンとエヴァを見つめている。

ルシアンが歯をむき出し、シャビエルははじかれたように立ち上がった。「嘘だ！　ママ、こいつらに嘘だって言ってくれよ！」

エヴァは気を失った。イケルは見知らぬ者を見るような目で妻を見ている。

「忘れるところだったけれど」わたしは《シーライト》を手に取り、ポーチから降りて子どもたちのテーブルに向かうと、ミア・ローサにほほえんだ。「サファイアを見せてくれる？」

ミア・ローサはユニコーンのぬいぐるみを差し出した。ハートの形をした青い宝石がぬいぐるみの額に輝いている。そのまわりの白い毛には紫色の糊《のり》があちこちについている。

「ビダズラーは使った？」

「ビダズラーじゃたりなかったから、のりでくっつけたの」

「ごめんね、でもこれはあなたのものじゃないの」ぬいぐるみの頭からアクアマリンを取り、ティアラにはめ直す。これで《シーライト・クラウン》は元通りになった。

「伯母さまに返してあげて」ミア・ローサにそう言う。

〝超一流〟のテレキネシス、ミア・ローサはため息をついた。ティアラはわたしの手から離れ、ゲストたちを正確によけながら、ミセス・ローガンの前のテーブルにそっと着地した。

うしろでイケル・ラミレスがルシアン・デ・バルディビアに飛びかかり、テーブルがひっくり返った。

エピローグ

結婚式はすばらしかった。

《シーライト・クラウン》をつけたネバダはプリンセスみたいで、タキシードを着たローガンはなんともローガンらしかった。権力と魔力に恵まれたテキサスのエリートたちが顔を揃えた。ヘラルドには、これは限られた者しか参列できない結婚式であり、これほどまでに招待が羨望の的となる式は十年ぶりだと書かれた。ヘラルドは潜入者を一人送り込んでいた。わたしはリベラに、誓いの言葉が終わるまではその人物を追い出さないでと頼んだ。結局、潜入した女性は静かに外に連れ出されたけれど、ヘラルドには「ネバダのライラックのブーケは死ぬほどすてきだった」と投稿した。どうやら富と権力があれば色の不調和は見逃されるらしい。

結婚式が終わるとパーティが始まった。招待客リストはまるでテキサスの有力一族の人名録みたいだ。新郎の付き添いを務めた〝超一流〟のオーガスティン・モンゴメリー。〝超一流〟のライナス・ダンカン。〝超一流〟のレノーラ・ジョーダン。ハリソン一族、ラティマー一族、アデ＝アフェフェ一族、エッターソン一族、その他いろいろ……祖母ヴィクトリアまで監視付きで一時的に外出を許された。ヴィクトリアはライナス・ダンカンと踊り、フリーダおばあちゃんと礼儀正しい会話を交わした。その様子を見て、わたしもアラベラもあぜんとした。

富と権力に恵まれた人々が一堂に会している。シャビエルがいたらさぞ喜んだだろう。残念ながら、シャビエルとその他六名のローガンの親族は招待を取り消され、今頃ヨーロッパへと帰っているところだ。西棟にはソリオンとテレサ、アネとランスだけが残った。フネとその娘たちは招待されていたけれど、滞在を拒んだ。

しあわせいっぱいの雰囲気の中、わたし、リベラ、ローガン配下の兵士たち数人は、誰にも気づかれずにキッチンに潜入した。給仕スタッフやケータリング業者が集まるキッチンは、パーティに出すコース料理を作ったり、盛り付けたりの真っ最中だった。わたしは誰にも見とがめられないまま、一人の中年女性に近づいた。最近髪を金色に脱色したその女性は、給仕スタッフの制服を整えていた。

「ケリー・ウォラー？」と声をかける。

顔を上げたその目にパニックが浮かんだが、わたしの魔力はすでに彼女をとらえていた。

「銃を渡して」ケリーは言いなりだった。彼女とジェレミーはおとなしくわたしのあとについて屋敷から出ると、待っていた装甲車に乗り込んだ。こうしてケリー・ウォラーの物語は静かに終わった。悔し泣きをしていたけれど、自業自得だ。

その後ケリーがどうなったとしても、わたしにはなんの後悔もない。息子のギャビンは結婚式に出席していたから、毒入りのケーキを食べたかもしれない。ケリーの憎悪は、我が子を犠牲に差し出すほど強烈だった。わたしはこの件の全貌をローガンとネバダにメールで送った。これがわたしからの結婚のお祝いだ。あとで時間ができたら読んでくれると思う。

木々に吊り下げられた明かりがきらめく下で、ネバダとローガンが踊るのを見守る。その姿はまるでおとぎ話から抜け出てきたみたいだ。ネバダの顔がしあわせで輝いているのを見ると、苦労が報われた気がする。ネバダは長い間わたしたちの面倒を見てくれた。だから世界一しあわせになる権利がある。

二人はまだ踊っていたけれど、わたしはくたくただった。音楽から遠ざかり、屋敷の中をぶらぶら歩いているうちに、ミセス・ローガンの書斎まで来た。鍵はかかっていない。わたしは窓際のベンチに座り、窓から月を眺めた。

疲れすぎて空っぽになった気がする。

泣きたい。

かすかな機械音がしたので振り返った。

「ここにいたのね」ミセス・ローガンが言った。「捜していたのよ」

「ごめんなさい。プライベートな場所にお邪魔するつもりはなかったんですが」

「邪魔なものですか。助けてくれたことにお礼が言いたかったの。あなたみたいに若い人には大きすぎる重荷を背負わせてしまったわね。こんなに厄介なことになるとわかっていたら、あなたには頼まなかったのに」

「家族関係をめちゃくちゃにしてしまいましたね」

「めちゃくちゃだなんてとんでもない。あなたは誰もだましたり、盗んだり、コナーの不幸から利益を得ようと企んだりなんてしなかった。悲しい顔をしているのね、カタリーナ。あなたの仕事ぶりはすばらしかったし、誰もがあなたを誇りに思ってる。あなたもきっと喜んでると思ったのに」

言葉が勝手に口から転がり出た。「わたしはここの一員じゃないんです」

ミセス・ローガンは顔をしかめた。「ここって、この屋敷のこと？」

「いいえ、この場所です」うまく説明できない。「ネバダがコナーと出会う前、うちではみんな自分たちは普通だってふりをしていたし、ネバダがコナーと出会ったあと、わたしが魔力を使わなければならなくなったときも、これは特別なことだからって自分に言い聞かせていました。信頼している人以外は、わたしが〝超一流〟だなんて誰も知らなかった。そして一族として認定されてから、わたしはこの結婚式のために魔力を使わざるをえなくなった。しかもそれがうまくいった。理論的なことを試してみたら、成功したんです」

「それのどこが心配なの？」

「わたしの魔力には代償がつきものなんです。使うのは最後の手段としてだけ。わたしはなんの期待もされていなかったし、自分自身にも期待なんかしていなかった。でも今は、ほかの〝超一流〟と同じように自分が魔力を使えると知ってしまった。もうそのことから逃げるわけにいかなくなりました。事務所の仕事を引き継いだら、たぶん魔力を使うだろうし、そうすればいずれわたしが〝超一流〟だと知られてしまう。それが怖いんです」

「〝超一流〟には大きな危険がつきまとうから？」ミセス・ローガンがたずねた。

「いいえ。ただのカタリーナ・ベイラーなら、平凡な人としてなら、何を期待されているかはわかります。でも〝超一流〟としてどう振る舞えばいいのかわからないし、ルールも知らない。わたしにはルールが必要なんです。安心できるから。ルールに従ってた魔力であれば誰も傷つかないから」わたしは両手を振った。「でもルールは消えてしまった。それにどう対処すればいいかわからなくて。ほかの人がルールを破ったとき、それにどう対応すればいいかもわからない。この部屋と同じです」そう言って自分が座っているベンチとカラフルなクッションを指さす。「こういう柄をどう組み合わせればいいのか見当がつかないし、もし試してみたとしても、それがおしゃれなのかださいのか全然判断できない。なんだかおぼれているみたいで」

こんなこと、言わなければよかった。

ミセス・ローガンは車椅子の背にもたれた。「スペインを離れてコナーの父親とここに来たとき、わたしもおぼれているような気がしたわ。知り合いは誰もいなかったし、テキサスでの〝超一流〟の振る舞い方もわからなかった。何を期待されているか、自分がばかなまねをしていないかどうかも判断できなかったわ。でも学んだの。あなたがさっき言ったことは、全部学べるのよ」

「でも、教えてくれる人がいない」

ミセス・ローガンはにっこりした。

「それは違う。わたしがいるじゃない。それに、わたしには時間だけはたっぷりあるの。まずはフェンシングから始めましょう。あなたの剣さばきには、ただの幸運以上のものがあるんじゃないかと思うのよ」

訳者あとがき

亡き父が遺《のこ》した小さな探偵事務所を守る三姉妹が、並外れた力を持って生まれた自分を意識し、とまどいながらもその力を我がものとしていく道のりを、ロマンス、謎解き、アクション、ユーモア満載で描いた〈*Hidden Legacy*〉(〝隠された遺産〟)シリーズ。現在六巻が翻訳出版されているこのシリーズの中で、本書は三巻と四巻の間に位置する中編になります。原書では現在本書を含む七巻が刊行されているので、これでシリーズすべての翻訳が追いついたことになりました。

シリーズの最初の三巻『蒼の略奪者』『白き刹那』『深紅の刻印』では、嘘を見抜く能力を持ったベイラー家の長女ネバダが、〝超一流〟と呼ばれる人々が権力を握る食うか食われるかの世界へと足を踏み入れ、地歩を固めていく姿が描かれました。ネバダが運命の相手コナー・ローガンと出会い、彼との愛に確信を持つと同時に、ベイラー家の若者たちそれぞれが力を開花させ、〝ベイラー一族〟としてエリート階級にひけをとらない存在であることを公式に証明したところで『深紅の刻印』は幕を閉じています。

　本書の主人公は、ベイラー家の次女であるカタリーナ。彼女たちが生きる世界の中でも極めてまれな〝自分を愛させる力〟を秘めたカタリーナは、それゆえにか幼い頃から周囲との関わりを自分から制限して生きてきました。その能力が桁はずれに強力なのは専門家さえも認めるところなのに、十代という年齢がよけいにそうさせるのか、自分がその場の規範からはずれていないか心配し、常に人目を気にせずにいられない――本書ではそういうシャイなキャラクターとして登場します。

　そんな彼女が人目を引く立場に立たざるをえなくなったきっかけは、実に意外なことに〝ブライドジラ〟（結婚式に入れ込むあまり妥協できなくなり、ゴジラのように周囲をなぎ倒す花嫁）と化したネバダでした。カタリーナは大事な姉のために覚悟を決め、あんなに恐れていた人との対立を乗り越えて、積極的に能力を使って物事を解決していきます。語り手がネバダからカタリーナへと変わったと同時に、カタリーナ自身も今後のストーリーに向けて大きく変わることになった点で、本書はシリーズとしての大きな転換点になったと言えるでしょう。

　ネバダ三部作が幕を引いたことで、本書ではネバダの活躍ぶりはカタリーナやアラベラの会話からしかうかがえませんが、それでも結婚式に彼女の物語が投影されているのが感じられます。その一つが、本人がどうしてもこだわったというブーケのカーネーション。『蒼の略奪者』では、〝繊細なのに驚くほど丈夫〟だから好きだというネバダにローガンが大量にプレゼントし（名シーンです）、『深紅の刻印』ではネバダの魔力の完成を示すイメージとして描かれ、三姉妹の恐ろしい祖母であるヴィクトリア・トレメインまでもがばらより好きだと述べた花です。ネバダの象徴として、〝高級感〟のあるランとは置き換えられない花だったことがよくわかります。

本書は、カタリーナ編である『蒼玉のセイレーン』『翠玉のトワイライト』『紅玉のリフレイン』へとつながる人物やモチーフがシリーズに初めて登場する巻でもあります。

まず、ユーモラスな毒使いとして現れたルナ・エッターソン。このあと意外な形でベイラー探偵事務所と関わることになるルナは、カタリーナにとって大きな存在感を持つキャラへと変化していきます。

もう一人は、この頃からすでに狂気の片鱗《へんりん》を見せていたシャビエル。十代同士の衝突に見えたものが大きな波乱を呼ぶ因縁になったことが、その後あきらかになります。

また、フェンシングのシーンはカタリーナの未来を強く示していたと言っていいでしょう。アローサ・ローガンが鋭くも感じ取っていたように、カタリーナには刀剣に対して特別な感覚があることが、今後も大きな意味を持ってきます。

そして、『深紅の刻印』に引き続き、出番は少ないながらもカタリーナに強い印象を残した男性、アレッサンドロ・サグレド。カタリーナが唯一魔力を積極的に使いたいと願い、だからこそ距離を置かなければと決意している相手です。その彼との距離感がどのように変わっていくのかは、カタリーナ編の大きな読みどころの一つとなっています。

短いながらも、本書には今後さまざまに花開いていく種が埋め込まれています。時系列としては本書の数年後に設定された『蒼玉のセイレーン』で、若き登場人物たちの成長ぶりをぜひお楽しみいただきたいと思います。

二〇二四年十二月

仁嶋いずる

訳者紹介　仁嶋いずる

1966年京都府生まれ。主な訳書に、イローナ・アンドルーズ〈Hidden Legacy〉シリーズ、サラ・モーガン『五番街の小さな奇跡』、ダイアナ・パーマー『雨の迷い子』『涙は風にふかれて』(以上mirabooks)などがある。

mira

ダイヤモンドの目《め》覚《ざ》め

2024年12月15日発行　第1刷

著　者　イローナ・アンドルーズ

訳　者　仁《に》嶋《しま》いずる

発行人　鈴木幸辰

発行所　株式会社ハーパーコリンズ・ジャパン
東京都千代田区大手町1-5-1
04-2951-2000（注文）
0570-008091（読者サービス係）

印刷・製本　中央精版印刷株式会社

定価はカバーに表示してあります。
造本には十分注意しておりますが、乱丁（ページ順序の間違い）・落丁（本文の一部抜け落ち）がありました場合は、お取り替えいたします。ご面倒ですが、購入された書店名を明記の上、小社読者サービス係宛ご送付ください。送料小社負担にてお取り替えいたします。ただし、古書店で購入されたものはお取り替えできません。文章ばかりでなくデザインなども含めた本書のすべてにおいて、一部あるいは全部を無断で複写、複製することを禁じます。®と™がついているものはHarlequin Enterprises ULCの登録商標です。

この書籍の本文は環境対応型の植物油インクを使用して印刷しています。

© 2024 Izuru Nishima
Printed in Japan
ISBN978-4-596-72024-5